JN031962
苦しい。つらい。どうしたらいい？　全部シルヴィスのせい。
それはわかるが、シルヴィスになんと言えばいいのかわからない。
リリアーヌが涙目になってきた時、
不意にシルヴィスの唇がリリアーヌの胸の頂を含んだ。
「はぅっ！」

貧乏令嬢ですが借金のカタで侯爵様に嫁いだら、甘～い溺愛が始まりました

ほづみ

Vanilla文庫

貧乏令嬢ですが借金のカタで侯爵様に嫁いだら、甘〜い溺愛が始まりました

目次

イラスト／蜂 不二子

第一章

「今、なんとおっしゃいましたか？」

午前零時まであとわずかという時刻。

リリアーヌはタウンハウスの玄関先にて、客人と対峙していた。

社交シーズンの王都では、付き合いによっては帰宅時刻が夜半を過ぎることも珍しくはない。だから夜半をとっくにまわったこの時刻に父が帰宅するのは（父にとっては珍しいが）、あり得ないことではないが、来客を迎えるとなると非常識な時間である。

それも、正式な紹介もなく、舞踏会で一度顔を合わせただけの男性となると、なおさらだ。

「聞こえなかったのか？　リリアーヌ・ノア・グローセル嬢。あなたは私と結婚することになった」

だが、目の前の男にそんなことを気にしている様子はない。隙のない装いは、つい先ほどまで社交の場にいた証拠だ。

癖のある少し長めの黒髪に黒い瞳、切れ長で鋭い眼もとに意志の強そうな太い眉毛、きりりと引き結んだ唇。背が高く、がっしりとした体つき。

非常に男らしく凛々しい雰囲気を漂わせているこの人の名は、シルヴィス・グレイ・エルデ。

つい半年ほど前、ここアムリア王国の社交界に突然現れた若き侯爵だ。長らく異国にいたのだが、父親の逝去にともない本国に戻って爵位を継いだ人物である。

独身である彼は、本国に帰国して以降、花嫁を探しているとのことだ。

リリアーヌも社交界で結婚相手を探しているため、彼の噂は聞き及んでいた。

エルデ侯爵家は名門で、古くから何人も優秀な軍人を輩出している。シルヴィスの父である先代侯爵は植民地であるキルワース総督を務めているし、シルヴィス自身も帰国するまでは海軍将校をしていたという話だ。家を継ぐにあたり海軍は辞めてきたそうだが。

そして先代が投資した事業が成功しており、エルデ侯爵家はかなり裕福でもある。

だから、シルヴィスの帰国は社交界で注目を集めた。特に結婚相手を探している令嬢たちの間では噂になった。

その、噂の人物が目の前にいる。

お酒が入っている様子もなければ、眠そうな様子もない。

一方のリリアーヌはごくシンプルなデザインの普段着用のドレスだ。しかも、夜遅いために顔が疲れ切っている自覚がある。

父の帰宅を待とうと寝間着に着替えず待っていてよかったと思うが、こんな姿を隙のない貴公子に見られたくない。その上、彼から投下された先ほどの爆弾発言。

「それは聞こえましたわ、エルデ侯爵閣下。そうではなく、そのもう少し前」

リリアーヌは混乱したまま、シルヴィスに聞き返した。

「グローセル伯爵が負けたため、あなたをもらい受けることになった」

「そのもう少し前も」

「グローセル伯爵とカードゲームで勝負をしていたのだが、伯爵の負けが濃厚になってきたので、私が提案したんだ。次の勝負に私が勝てばグローセル伯爵のリリアーヌ嬢をもらう、負ければリリアーヌ嬢の持参金と同じ金額を払う、と」

シルヴィスの話に頭がくらくらする。それにしても彼はなぜこんなにも重要なことを、こんなにも淡々と話すのだろう。結婚の話なのに。

眩暈（めまい）を堪えながら、リリアーヌは口を開いた。

「……つまり、父は閣下、あなたに」

「シルヴィスでいい。私たちは夫婦になるのだから。その代わり、私もあなたのことをリリアーヌと呼ぼう」

ほぼ初対面に近いのに名前で呼べというのか。シルヴィスは異国育ちだからこの国の礼儀作法に疎いところがあるとは噂に聞いたが、なるほど。いやそうではなく。

「……つまり、父はシルヴィス様に、私を売ったと。そういうことでよろしいでしょうか？」

「買ったわけではないが、まあ、そういうことになるか」

「どうして!?　あの舞踏会の意趣返しのつもりですか!?」

話が呑み込めてくると、ふつふつと胸に怒りが沸き起こる。

「グローセル伯爵と賭博場で会ったのは偶然だが、私も妻がほしいと思っていたところだったので、ちょうどいいと思って」

「ちょうどいい!?」

そんなに適当な考えで、自分との結婚を決めたというのか。

「私との結婚をどうしても回避したいというのであれば、あなたのお父上が作った三千万マルスの負債を、私にまとめて支払うことだな」

「三千万マルス!?」

あまりの金額の大きさに思わずよろけたリリアーヌの肩を、シルヴィスの大きな手が支える。リリアーヌは慌ててその手から逃れ、シルヴィスと距離を取った。

「そんな大金を……信じられない……」

「あの場で領地の屋敷を担保に金貸しから金を借りようとしていたので、私と直接やり取りすることにしてもらった。ああいうところの金貸しは法外な金利を取るからな」

「屋敷を担保に⁉」

なんと、シルヴィスが気を利かせてくれなかったら、リリアーヌたちは領地の屋敷を失う可能性があったらしい。

「お父上といろいろ話をして、あなたがせっせと舞踏会に顔を出している理由がわかった。実家の財政難を救ってくれる裕福な男性と結婚したいそうだな。私との結婚は、あなたにとって決して悪い話ではないと思うが」

シルヴィスは相変わらず淡々と話す。まるで商品の売買契約みたい。

――お父様ったら、どうしてこの人にぺらぺらと我が家の事情を話したの！　秘密にしておかなきゃいけないことだったのに！

シルヴィスの言う通り、グローセル伯爵家の経済状況は悪い。借金を返すために借金をするということを繰り返しているうちに利息が雪だるま式に膨らみ、あと数日で抵当に入れたこのタウンハウスを持っていかれるところだったのだ。

けれどその事情は、他人には決して明かしてはいけない。借金まみれでは良縁が望めないからだ。

だからこそ父は、借金があっても羽振りのいい貴族らしく見せてきたのである。自分の娘たちをいい縁談にありつかせるために。

そして今年で二十歳になるリリアーヌがせっせと社交に精を出しているのも、借金まみれで没落寸前の実家を援助してくれる裕福な男性と結婚するためだ。

もちろん自分の人生がかかっているのだから、「リリアーヌのことを大切にしてくれる」という条件も外せない。

この二点さえクリアしていれば、他のことには目をつぶろうと思っていたのだが、「裕福」で「妻を大切にしそう」な誠実な男性は人気が高く、有力貴族ではないリリアーヌはなかなか目を留めてもらえない。

そうこうするうちに、リリアーヌの婚活は三年目に突入していた。

令嬢の三年目というのは、アムリア王国の結婚市場ではそろそろ売れ残りと言われてもおかしくない頃合いである。

事実、今年の社交シーズンに入って間もなく、リリアーヌには「いまだにお相手が見つからないということは、何か訳アリなのかも」という噂が付きまとうようになった。

どんなに否定してもどこからか沸いてくる噂に、リリアーヌ自身も辟易していたのだ。

徹底的に隠しているので、グローセル伯爵家の財政事情は外に漏れていないと思うが。

「だ……だとしても……、なぜ私なのですか。私にはあまりよくない噂がつきまとっています。あなたにとって決していい条件の娘ではないはず」

シルヴィスは見た目、家柄、そして経済的にも結婚相手としてこの上ない条件を持っているため、令嬢たちに人気だ。

大勢の令嬢たちと二人きりで逢瀬（おうせ）を繰り返していることも、よく知られている。

この国では、男女ともに誠実であることが美徳とされる。結婚の意思もないのに二人きりで会うなんて言語道断、さらに何人もの未婚の令嬢と同時進行なんて非常識にも程がある行いだ。

そんな男性と会うとなると娘の評判に傷がつきかねない、ということで本来なら親が許さないはずだが、シルヴィスの場合は少し事情が違う。

外国育ちで少々感覚が異なっているので、大目に見られているのだ。とにかくシルヴィスに気に入られてしまえと、親が娘たちに言い聞かせているらしい。

舞踏会でも、本来なら男性から女性を誘うものだが、シルヴィスの場合は反対で、令嬢たちが彼のまわりに群がりダンスの順番待ちの列ができるのだという。

残念ながら、リリアーヌがいままで参加した舞踏会にシルヴィスはいなかった。

だからシルヴィスのモテぶりを目の当たりにしたことはないのだが、実際に目にした友人たちが教えてくれるから、彼にまつわるエピソードはいろいろと知っている。

リリアーヌは誠実な男性が好みだ。質素堅実に生きてきたから、派手な人物が苦手なのである。ゆえに、シルヴィスのモテるエピソードを聞くたびに、「あ、無理」という気持ちを募らせていった。

そこへ数日前の舞踏会の一件である。シルヴィスに対しては苦手意識が強い。

その彼から、気持ちのこもらない求婚を受けている。混乱するなというほうが無理だ。

「ああ、嫁ぎ遅れているから何か問題があるのではないか、と言われていることだろう？事情を知らない人間の戯言だ。問題ない」

「問題ないって……」

「私との結婚はそんなに不本意か？　贅沢は言えない立場だろうに」

「うっ……」

ずばり図星を指され、変な声が出てしまう。

「まあなんにしても、あなたに残された選択肢は、私と結婚するか、私に三千万マルスを払うかのどちらかしかない」

その時、玄関の奥にある階段から足音が聞こえてきた。振り返ると執事のボドワンが下りてきたところだった。

「閣下、本日は我が主人をお連れ下さり、ありがとうございました」

ボドワンがシルヴィスの前に立ち、丁寧に頭を下げる。

「だいぶ飲まれているようだから、ゆっくり休ませてやりなさい。……こんな時間か。私もそろそろ失礼する。リリアーヌも早くお休み。詳しいことはまた明日話そう」

シルヴィスがスラックスのポケットから懐中時計を取り出して時刻を確認すると、目を上げてリリアーヌに告げる。

言われるまでもないわ、と思ったがそこはわきまえて父を連れ帰ってくれた礼を述べ、頭を下げる。

シルヴィスは頷くと、さっと踵を返して玄関から出ていった。

「お嬢様、どうかされましたか」

シルヴィスとリリアーヌとの間の空気があまりよろしくないことを察したのか、ボドワンが不安そうにたずねる。シルヴィスから酔っぱらって正体をなくした父を預けられ、そのまま父を寝室に連れていったボドワンは、先ほどまでの二人のやり取りを聞いていない。

「いいえ、なんでもないわ。……私たちも早く休みましょう」

リリアーヌは父と同世代の執事を安心させるように微笑みを浮かべると、玄関ドアに背を向けた。

ボドワンが戸締まりをする音を聞きながら階段を上り、まずは父のいる寝室を覗く。

上着やベストはボドワンが一生懸命脱がしたのだろう、父はシャツにスラックス姿でベッドに横たわっていた。部屋の入り口に立っただけなのに酒臭い。

父は、めったに酒を飲まない。その父が前後不覚になるほど酔うというのはよほどのことだ。

部屋に入り、ベッドの片隅に丸まっている上掛けを父にかぶせる。今は夏とはいえ、夜は気温が下がる。

カーテンを閉めていない窓から差し込む月の光に、父の疲れた顔が浮かび上がる。気の弱い父にとって今日の賭けは、一世一代の大勝負だったに違いない。そしてそれに負けた。娘たちのために金策に奔走してきた父を知っているだけに、父の心を思うと胸が締め付けられる。

グローセル伯爵家の主な収入源は地代だが、押し寄せる産業化の波の影響で近年は大きな産業がない領地を捨て、都市部での労働を選ぶ人が増えていた。

人が減れば、当然、地代収入も減る。にもかかわらず、貴族としての体裁を保たなくてはならない。

減った分をどこで補塡するか。労働は卑しいものという考えが浸透している貴族階級にとって、地代以外で収入を増そうと思えば、投資以外にない。このところ社交界では、何に金を出せば儲かるかという話題で持ち切りだ。

そして父もまわりの勧めに乗って慣れない投資に手を出し、失敗。

複雑な仕組みで動くことをよく知らないまま行ったのだから、当然といえば当然だ。

このせいで、グローセル伯爵家はあっという間に経済状況が厳しめの状態から、借金まみれの没落寸前になってしまったのである。

もはや父に打つ手なし。

そこで、この窮状を救うべく立ち上がったのが、年頃になった長女リリアーヌだった。裕福な男性と結婚し、グローセル伯爵家を支援してもらう。もうこれしかない。そのためには、グローセル伯爵家の状況を徹底的に隠す必要がある。結婚とともに借金がついてくるような娘を欲しがる男性なんて、まずいないからだ。

そのためには社交を頑張らなくてはならない。貴族の社交にはとにかく金がかかる。足りないぶんは借金で賄ったから、グローセル伯爵家の借金はさらに膨らむことになった。日々届く督促状にため息しか出ない。

外に見えない部分は、切り詰められるだけ切り詰めている。そのしわ寄せは普段の生活や、妹たちの教育に現れている。この生活を何年も続けるのは無理だ。だからできるだけ早く、裕福な男性と結婚したい。そうしなければ家族が倒れてしまう。

リリアーヌは自分でもかわいらしい顔立ちをしていると思っている。表向きはなんの問題もなく、家柄も由緒正しい。条件は悪くないはずなのだ。

裕福で、リリアーヌを大切にしてくれる人なら、年齢が離れていても、後妻でもいい。

そう思ってどんな招待にも応じてきたというのに、うまくいかない。交際を申し込まれたことはあるけれど、条件が合わない。そうこうしているうちに伴侶探しも三年目だ。

そしていよいよ、返済ができなければ週明けには抵当に入れたタウンハウスが取り上げられることになり、追い詰められた父は、今晩、有り金を全部持って賭博場に出かけたのだ。

賭博は手っ取り早くお金を増やせるものの、運要素が大きい。

投資の二の舞いになったら大変だからとリリアーヌは必死で止めたのだが、「投資は素人だがカードゲームは決して素人ではないから」と、父は聞いてくれなかった。

そして父が向かった賭博場に、シルヴィスがいた、ということのようだ。

賭博場もまた紳士の社交場。そこにシルヴィスが居合わせてもおかしくはないが、

――よりにもよってお父様の賭けの相手があの人なんて……。

シルヴィスの、まるで売買契約のようにリリアーヌに娶（めと）る話を持ち出した姿を思い出し、リリアーヌはむかむかしながら父の寝室をあとにした。

シルヴィスはモテる。舞踏会で、彼と踊るために令嬢が列を作るほどなのだ、別に結婚相手はリリアーヌでなくてもいいはずだ。

なのにリリアーヌを選んだ理由とは、何だろう？

思い当たるとしたら、シルヴィスと初めて会った舞踏会しかない。

実はシルヴィスとは以前、舞踏会で一悶着（ひともんちゃく）を起こしているのだ。今回の件はそれに対する仕返しのように思えてしまう。だが仕返しで求婚なんてするだろうか、とも思える。

続いて、妹たちの寝室を覗く。

リリアーヌには、今年で十六歳になるアン、十四歳になるステラという二人の妹がいる。

母は今から十年前に病気で他界し、長女のリリアーヌが二人の妹の面倒を見てきた。

息を殺して近づけば、妹たちは並べたベッドでぐっすり眠っていた。

――この子たちのためにも、私は裕福な男性と結婚しなければならない。私の気持ちは二の次よ。

そういう意味では、シルヴィスは理想的な相手なのだが、グローセル伯爵家は一地方貴族で、政治的な力は何も持っていない。その上、借金まみれであることをシルヴィスは知っている。

シルヴィスがリリアーヌと結婚しても、得るものは何もない。

それを承知の上で求婚するあたりに、何かありそうな気がする。

しばらく妹たちを眺めたあと、リリアーヌは父にしたように二人に上掛けを掛け直してから足音を忍ばせ、そっと部屋から滑り出た。

自室に戻り、寝間着に着替える。グローセル伯爵家は使用人の数がとても少ないので、普段着の着脱なら自分でできるのだ。

鏡台に座り、結っていた髪の毛をほぐしてブラシで梳かしながら、リリアーヌはしみじみと鏡の中の自分を見つめた。

ふわふわとした癖のある金色の髪の毛に、淡い青色の瞳。日焼けには気を付けているため白い肌と、紅を差さなくても赤く色づく唇はどちらともリリアーヌの自慢である。

母親似の顔立ちは柔らかくて優しい。丸顔で目がくりくりとしているため、実年齢より幼く見えるのが悩みだが、男性には「守ってあげたい」と思われるようだ。

そう言って口説かれたことは一度や二度ではない……けれど、グローセル伯爵家の窮状を救えるほどの経済力がなかったため、お断りせざるを得なかった。

ブラシを置き、髪の毛を緩くまとめてからベッドに入る。

疲れているからすぐに眠れるかと思ったのに、どんなに待っても眠気がやってこない。

——いきなり結婚しろなんて言われたら、びっくりして目も覚めてしまうわよね……。

その理由が父の借金の代わりである。

まあ、実家を支援してくれそうな男性に嫁ぎたいという考え自体、身売りとそう変わらない気もするが、夫に頼るしかない貴族の令嬢にとって、結婚はその後の人生を左右する大切なものだ。少なくともリリアーヌは、自分で相手を選ぶつもりだった。

父もリリアーヌの考えを尊重してくれている。だからこそ、相手探しも三年目に突入しているのだ。一方的に買い取られるのは納得がいかない。

——きっかけは絶対、あの舞踏会よね。

リリアーヌはベッドの中でごろごろしながら、シルヴィスとの出会いを思い出していた。

あれはそう、三日ほど前のこと……。

＊＊＊

その日も、リリアーヌは華やかな舞踏会の会場の隅っこに立っていた。いわゆる壁の花というやつだ。男性側から誘われなければ動けないのが、舞踏会のつらいところだ。どういうわけか立てられてしまった「訳アリで売れ残っている」という噂のせいで、今年は本当に誰からも声をかけてもらえない。

この舞踏会は規模が大きく、普段は交流がない上流貴族たちも多く参加する。あちこちに頼み込んでかなり無理をして手に入れた招待状だったので、ぼんやりしているわけにはいかないのに。

壁際から広間を眺めていると、たくさんの令嬢が集まっている一角があることに気付く。中心には背の高い男性。

──確か、今夜はエルデ侯爵様もいらっしゃったはずだわ。

先ほど近くにいた令嬢たちが囁(ささや)いていた。あの人だかりがそうなのかもしれない。そんなことを思っていた時だった。

「あら、リリアーヌ様。今日もお一人ですの？　お顔がおそろしいこと」

壁際のリリアーヌのもとにやってきたのは、王都で流行中のデザインのドレスに身を包んだ令嬢、ロンデニア伯爵家のリリアナだ。リリアーヌのひとつ年下、社交界二年目。

　このリリアナ、名前が似ているせいで去年からリリアーヌと何度も混同されたため、リリアーヌのことを目の仇にしているのだ。気の強い性格をしていることもあり、リリアーヌはちょっと苦手だった。

　しかも今年のリリアーヌにはいやな噂が立ってしまったため、リリアナにも影響が出ているだろうなと思っていたら、案の定、顔を合わせるたびに嫌味を言われるようになった。

「これはリリアナ様。今来たばかりですもの。夜はこれからですわ」

「あら、舞踏会の開始とともにいらっしゃったくせに。あなたのそのドレスは質素……いえ、特徴的だから、すぐにわかるのよね」

　図星を指され、かちんとくる。確かにドレスは質素だが、デザインは上品で流行に左右されないものを選んでいる。

「そうおっしゃるリリアナ様こそ、こうしてお一人ではないですか」

「わたくしはこれからエルデ侯爵シルヴィス様と踊りますの。今日は予約が取れてよかったわ」

　リリアナが勝ち誇った様子で微笑む。

「予約制では、ダンスのあとにお話しすることもできませんわね。あとが詰まっておりますし」

　親しくなるという目的が果たせないことを揶揄すると、

「あなたはどなたともお話をしていませんけれどね。デビュタントでもないのに頻繁に舞踏会に顔をお出しになっていらっしゃるなんて、恥ずかしいとは思いませんの？」

リリアナにずけずけと言い返され、リリアーヌのこめかみに青筋が立つ。

童顔で小柄なリリアーヌはおとなしそうに見られるのだが、実際はそこまでおとなしい性格ではない。

何しろ亡き母に代わってこの十年、頼りない父と騒がしい妹たちの面倒を見ながら、執事とともにグローセル伯爵家の家政を取り仕切ってきたのだ。おとなしい性格でいられるわけがない。

「ちっとも思いませんわ。一生添い遂げることになる相手ですもの、よーく吟味しなくてはなりませんから」

他人は黙っていろ、と言外に言い返すと、

「ご自分の年齢を考えたら、高望みしている場合ではないということですわよ」

リリアナからも遠慮がない言葉が返ってくる。

「別に高望みしているわけでは」

「あなたと間違われるわたくしの身にもなって？　いいかげんにしてほしいものだわ」

「失礼、あなたがグローセル伯爵家のリリアーヌ嬢？」

あまりの言われように気色ばんで口を開きかけた時、不意にリリアーヌの背後、それも頭の上の方から低くて艶のある声が降ってきた。

リリアーヌとリリアナが同時に振り返ると、そこには背の高い黒髪の男性が一人。

「まあ、これはエルデ侯爵閣下」

リリアナがさっと表情をよそいきのものに変え、優雅に礼をして見せる。

「私がグローセル伯爵の娘、リリアーヌでございます」

リリアーヌも慌ててリリアナに倣って礼をした。

今シーズンで一番の注目の人物が目の前にいる。それだけでもびっくりするのに、自分の名前を呼んだ。なぜだろう？　接点なんて、どこにもないはずなのに。

あり得ない出来事に、心臓の鼓動が速まる。

「あなたが、噂の。……なるほど、面影がある」

シルヴィスがじっとリリアーヌを見つめる。リリアーヌは眉をひそめた。

――噂の？

声をかけてもらえた驚きは、「噂の」という一言でかき消えた。

――訳アリで売れ残った娘の顔を見に来たというの？

だとしたら失礼すぎる。

「リリアーヌ嬢、あなたはバイオリンが弾けるか？」

「バイオリン……ですか……？」

唐突な質問に面食らう。どうして知っているのか。

「あなたが私の知っている『リリ』なら、バイオリンが弾けるはずだ」

——どういうこと？

シルヴィスとの面識はない。ないと思う。なのになぜリリアーヌの幼少時の愛称を知っているのか。

それに、家族とごく近い一部の親戚を除いて、リリアーヌがバイオリンを弾けるとは知らないはずだ。

貴族の令嬢にとって楽器は教養のひとつだが、一般的にはピアノが選ばれる。

バイオリンは、演奏姿が美しくないと令嬢たちには敬遠される楽器なのだ。

ピアノも一通り習っているから、バイオリンのことは人には言っていなかった。

リリアーヌは礼儀も忘れ、まじまじとシルヴィスの顔を見つめた。

凛々(りり)しい顔立ち。広い肩幅。厚みのある胸板と、男性らしい魅力にあふれている。令嬢たちが虜(とりこ)になるのもわかる。けれど。

——見覚えは、ないわ……。

「リリアーヌ様はバイオリンがおできになるの？　まあ、素敵。どうかひとつお聞かせくださいませんか？」

困惑するリリアーヌを現実に引き戻したのは、リリアナのよく通る声だった。

ろしいわ」

「ほら、あちらに楽団がいらっしゃっている。バイオリン奏者から楽器をお借りすればよ

リリアナが弾んだ声で楽団に目を向ける。

「で……でも、それでは楽団の演奏を止めてしまいますから」

リリアーヌも楽団に目を向けた。

広間の片隅には、ダンスのための音楽を奏でる楽団がいる。彼らがいなければダンスができないのだ、演奏を止めていいわけがない。

「バイオリン奏者は何人もいる。ひとつくらいバイオリンの音がなくても、誰も気にしないだろう。よかったら聞かせてもらえないか？　人前での演奏がいやだというのなら、庭園のほうでもかまわない」

シルヴィスまでそんなことを言い出す。

冗談ではない。見世物のような振る舞いなんてしたくない。

「いいえ！　リリアーヌ様の腕前を皆様の前で披露されてくださいませ。そうすればここにいる皆様も、リリアーヌ様を見る目が変わること間違いなしですわ」

リリアーヌが断りの言葉を口にする前に、リリアナが言外に「できるものならやってみなさいよ」と、ニヤニヤと笑う。

リリアーヌが断るか、失敗するかを期待しているのがありありとわかる。

確かにリリアナには自分のよからぬ噂のせいで迷惑をかけているようだが、ここまであからさまに喧嘩を売られて、引き下がれるわけがない。自分を検分しに来たシルヴィスにも腹が立つ。

リリアーヌはぷいと二人に背を向けると、楽団に向かって行った。バイオリン奏者の前に立つと「バイオリンをお貸しくださいませ」と手を差し出す。

いきなり目の前に現れた貴族の娘に、バイオリン奏者が怪訝そうな顔をする。

「バイオリンをお貸しくださいませ。扱いは心得ております」

もう一度そう告げる。貴族相手では断れないと悟ったのか、バイオリン奏者がしぶしぶといった感じで楽器を渡してきた。

――商売道具だから他人に預けたくはないわよね。ごめんなさいね。

心の中でそう詫びて、バイオリンと弓を手にすると、くるりと体を反転させる。ちょうどリリアーヌについてきていたシルヴィスとリリアナに向かい合う形になる。

シルヴィスは少々驚いた様子で、リリアナは明らかにおもしろがっている様子でリリアーヌを見ていた。

――やってやるわよ。

バイオリンに触れたのはいつが最後だろう。もう思い出せないくらい記憶が遠い。指が動くわけがない。けれど、逃げたくなかった。本当は弾けるからだ。

ずっと、売れ残っているのには訳があるからだと根拠のない噂を立てられて、心が傷ついていた。なんとかして噂を払拭できないかとも思っていた。

――こんなことをしても、私を見る目がよくなるとは思えないけれど。

売られた喧嘩を正面から買ってしまったのだから。心の中で自嘲しながら、楽器を顎の下に挟んで弓でAの弦を鳴らす。

懐かしい感覚がリリアーヌの体を包む。いける、と直感的に思った。

バイオリンの弦は、本来なら音叉できちんと音の高さを合わせるものだが、先ほどまで弾いていた楽器ならそこまで音はずれていないはず。

基準のA線にすべての音を合わせるべく、慣れた手つきで糸巻きをいじり、一呼吸おいてから一通り音階を弾く。

思ったよりは指が動く。耳も音を覚えている。そのことにほっとする。

何度か音階を弾くうちに、リリアーヌの練習の音に気付いた人々が動きを止め、こちらに注目するのが感じ取れた。

家族の前でなら弾いたことはあるが、人前で弾くのは初めてだ。本当ならものすごく緊張するはずだが、リリアナに煽られて気が立っているため、まったく緊張感はなかった。

――何を弾こうかしら。

少し考えて、心を決める。選んだのは、バイオリニストが自身の腕前を自慢するための

技巧曲だ。数年ぶりに弾くうえに、この場にふさわしくもないが、シルヴィスとリリアナはもちろん、この場にいる人たち全員を驚かせてやりたかった。

弓を元の上にすべらせる。広間に、高らかに和音が鳴り響く。

バイオリンをやりたいと言ったのは、母がバイオリンを弾くからだ。貴族の娘はバイオリンをやらないなんて、知らなかった。母の弾くバイオリンが好きだった。自分もあんなふうに弾けるようになりたかった。だから母に頼んでバイオリンを習わせてもらった。

しかし、母が亡くなってからは忙しくなり、バイオリンを弾く余裕がだんだんとなくなっていった。ここ数年は触れていない。

空白期間が長い上に練習もなしで弾けるかどうか不安だったが、考えるよりも先に指が動いてくれた。

リリアーヌはバイオリンを弾きながら、傍らにいるシルヴィスに向き直った。意外に激しい曲に驚いているのでは思ったのだ。

予想通り、シルヴィスは食い入るようにリリアーヌを見つめていた。ただ予想したよりもその視線は強かった。

居心地の悪さを感じて視線をリリアナに向ける。リリアナもまた目を丸くしていた。

広間に目をやると、そこにいる人々もみんな一様に、驚いたようにリリアーヌを見つめている。

　決して見下した視線ではない。よかった。

　最後の和音を弾き終えてバイオリンを下ろし、リリアーヌはバイオリン騒動のきっかけを作ったシルヴィスを挑むように睨(にら)みつけた。

　シルヴィスは目を見開いたまま微動だにしない。

　広間はいつの間にか静まりかえり、人々はリリアーヌに注目している。

「これでご満足かしら？」

　内心「思ったよりちゃんと弾けた！」と盛大に安堵(あんど)のため息をついていることなどおくびにも出さず、リリアーヌはシルヴィスとリリアナを見返した。

「ああ、素晴らしい。思った以上だ。あなたは間違いなく『リリ』なんだな。……もう一度会えるとは思わなかった」

　シルヴィスが、興奮を隠しきれない様子で言う。

「ようやく？」

　またリリと呼ばれた。そんなふうに呼ばれていたのは、ずっと小さい頃のことだ。と、いうことは、その頃に会ったことがあるのだろうか？

　それなら記憶がなくても不思議ではないと思うが……。

「リリアーヌ嬢、ぜひ私と踊っていただけませんか？」

シルヴィスが作法に則(のっと)って手を差し出す。

その様子に、広間中にざわめきが広がった。

なんであの子が先に、という声もどこかで聞こえた。

そうだ、シルヴィスと踊るには予約を入れなくてはならないのだ。リリアーヌはシルヴィスとのダンスを予約していない。

「お断りします」

リリアーヌは即座にそう告げると、後ろに突っ立っているバイオリン奏者に楽器を返して身を翻(ひるがえ)した。

静まりかえっていたため、シルヴィスとリリアーヌのやり取りは広間に響き渡った。

これでは「訳アリ令嬢」の汚名を返上するどころか、追加でろくでもない噂が立ってしまう。

だが、礼儀正しく振る舞うことなんてできなかった。

シルヴィスの無礼な態度に腹が立っていた。もともといい印象を持っていない人物に隠していたことをいきなり暴かれて、冷静でいられるわけがない。

なぜシルヴィスはリリアーヌがバイオリンを弾けることを知っていたのか、「リリ」という愛称を知っていたのか、そこは気になる。

しかしそんなことよりも、一刻も早くここから立ち去りたい。

リリアーヌは人々の視線を集めながら広間を足早に突っ切ると、続きの間に踏み込んだ。大きな舞踏会では広間のほか、歓談用にいくつもの部屋を開放してあるものだ。

さっと視線を走らせて、その片隅にいる父を見つけ出す。父は何人かの男性と談笑していた。

「お父様、帰りましょう」

父の腕をつかんで談笑の輪から引きずり出す。驚く父に有無を言わさず廊下に連れ出したところで、自分を追いかけてきたのだろうシルヴィスとばったり出くわした。

「どうして逃げる？　まだ話は終わっていない」

「私はあなたとお話しすることは何もありません」

それだけ言うとリリアーヌはシルヴィスに背を向け、父を引きずるようにして廊下を歩いていった。遠くから、シルヴィスを呼ぶリリアナの甘ったるい声が聞こえる。

「何があったんだい？」

廊下を曲がった場所で父の腕を解放し、歩くスピードを緩める。

父の問いかけに、リリアーヌは首を振った。

「なんでもないわ、お父様。でも今日は気分がすぐれないから帰りたいの」

「来たばかりだけど、いいのかい？　この舞踏会は」

「いいのよ」

「そうか。まあ、リリアーヌがそう言うのなら、そうしよう」

きっぱり告げるリリアーヌに父が頷く。

今日の舞踏会は規模が大きく、普段交流できないような人にも知り合える、絶好の機会だった。こんな舞踏会はめったに開かれない。この舞踏会に招かれるために、いろいろと手を尽くしたのに成果ゼロで帰ることになるなんて、悔しくてたまらない。

しかし悪目立ちしてしまった以上、ここにいても誰にも相手にされないのは明らかだ。

父はリリアーヌに頑張れとは言わない。伴侶探しについても口出しをしてこない。妹たちの面倒や家政を任せているためか、しっかり者の長女に強く出られないのだ。けれど父が自分に期待していることは知っている。申し訳なく思う。

父に先ほどの出来事を言わないのは、心配をかけたくないからだ。それでなくても父は、家の資金繰りのことで頭を悩ませている。これ以上、父の心配の種を増やしたくなかった。

……と、いうようなことがあったのである。

リリアーヌもシルヴィスにいい印象を持っていないが、シルヴィスも似たようなものだろう。人前で振ったのだから、二度と顔を見たくないと思われていてもおかしくない。それなのに、そのシルヴィスからの求婚。それも、父が作った借金の代わりとして。

リリアーヌの過去を知っているような気配があったが、過去は過去。現状のリリアーヌは、彼にとって価値がある存在ではない。それにシルヴィスはいくらでも相手を選べる立場にいる。なのに、リリアーヌを選ぶ理由って？

――わからないけれど、いやな予感がするわ。

さすがに嫌がらせが目的ではないだろうが、こんな求婚はあり得ない。この事態は回避したほうがいい。そう、リリアーヌの第六感が告げる。

――夜が明けたらお父様を問い詰めなくては。話はそれからだわ。

リリアーヌは布団をかぶると眠るべく目を閉じた。

けれど、その夜、リリアーヌのもとに一向に眠気は訪れなかった。

＊＊＊

同じ頃。馬車が停(と)まるなり、シルヴィスは自分でドアを開け、馬車から降りた。

そのままエルデ侯爵家のタウンハウスの玄関に向かう。ドアを自分で開けようとしたタイミングでスッとドアが開き、一人の青年が「お帰りなさいませ」と頭を下げてくれた。

「ただいま。俺の帰りがよくわかったな」

深夜にもかかわらずきっちりとした服装のままの青年に声をかけると、「物音がしますから」という返事。

「別に俺の帰りなんて待たなくてもいいのに」

「そういうわけにはいきません。私は執事ですから」

「真面目だな」

シルヴィスの呟きに、青年が軽く頭を下げる。彼の名はバークリー。エルデ侯爵家の執事を任せている。年齢はシルヴィスより十歳ばかり年上だそうだ。

「すぐに休まれますか？　それならお着替えのお手伝いを」

「それくらいは自分でできる」

「……シルヴィス様は本当になんでも、ご自分でされてしまうのですね」

バークリーがしみじみと呟く。

「士官学校出身の軍隊育ちだからな。あそこでは、侯爵家の嫡男なんて肩書きはなんの意味もない。貴族らしく、全部他人にしてもらうほうが疲れる」

「シルヴィス様はもう少尉ではなく、侯爵閣下ですから。貴族らしい振る舞いを覚えられたほうがいいですよ」

バークリーの助言に「努力する」と頷き、早く休むようにと声をかけ、シルヴィスはタイを緩めながら自室のある二階へと向かった。

歩きながら思い出すのは、先ほどのリリアーヌの姿だ。

――まあ、怒るよな。

こちらも緊張のあまり、かなりぶっきにらぼうな態度を取ってしまった自覚がある。

シルヴィスは大きくため息をついた。続けてやらかしてしまって、最悪だ。

舞踏会での一件で、リリアーヌが気の強い性格をしていることはわかっていたから、強引に事を進めれば反発を買うことは予想していた。シルヴィス自身が犯した、初手の失敗もかなりきいているようだ。

貴族の礼儀作法には疎い部分があるが、正直、自分でも「あれはない」と思う。紹介もなしに伯爵令嬢に話しかけたうえ、かなり私的なことを聞いてしまったのだから、リリアーヌでなくても反発するだろう。ダンスを断る姿など、むしろすがすがしいほどだった。

先に無礼を働いたのはシルヴィスだから、リリアーヌに振られたことはなんとも思っていない。

ただ、あの時にリリアーヌのバイオリンを聴けたのは僥倖だった。

十歳の時からずっと、聴きたいと思っていたのだ。心残りがひとつなくなって、すっきりした。

しかし、見た目はおっとりしているくせに、あんなに激しくて技巧的な曲を繰り出してくるとは思わなかった。

幼い頃の天使のような姿からは想像できない。

遠い日のリリアーヌを思い浮かべ、しみじみと独身でいてくれてよかったと思う。正直なところ、半ば諦めていたのだ。あんなにかわいい女の子がいつまでも独身でいるわけがない、と。

けれど、自分のことをまるで覚えていないとは。シルヴィスにとっては人生の中でも大きな出来事だったのに、彼女にとってはそうではなかったと告げられているようで悲しい。

――まあ、しかたがないか。リリはまだ小さかったし、高熱を出したしな……。

第一自分も、今とはまったく姿が異なっていた。あの頃は、女の子の恰好をしていたのだから。

シルヴィス・グレイ・エルデの父と母の折り合いは悪かった。

若い頃から軍務に就き、結婚が遅れた父のもとに買い取られるようにして嫁いできたのが、貧乏伯爵家出身の母だ。

結婚から一年後に生まれたのが自分。ただし早産で、小さく産まれたため体は弱かった。

軍人である父はそんなシルヴィスに大変がっかりし、シルヴィスが熱を出して寝込むたびに「なぜこんな軟弱な子どもしか産めなかったのか」と母を罵った。

父の怒声を浴びたあと、母はよく泣きながら「あなたが女の子だったらよかったのに。女の子なら、体が弱くてもこんなに怒られることはないのに」とこぼしていた。

そんな日々によって母の心はどんどん壊れていき、日中ぼんやりしているかと思うと突然大声を上げたり、泣き出したりするようになった。唯一の救いは、シルヴィスには変わらず優しかったことだ。だからシルヴィスは、母のことが大好きだった。

やがて母の異常さを見かねた父が、母を「療養」という名目でシルヴィスとともに別荘に放り込んだ。シルヴィスが六歳頃のことだ。

父にとって様子のおかしくなった母も、病弱な息子も、疎ましい限りだったのだろう。

父と離れたことで母は落ち着いてきた。よくなってきたのかと思った矢先、シルヴィスは母によって女の子の服を着せられた。

「やっぱりそうだと思ったの。あなた、本当は女の子なんだわ」

その日からシルヴィスは、母から「娘」として扱われるようになった。母はよくなってなどいなかった。

母が希望するから髪の毛を伸ばし、ふわふわなドレスを着た。令嬢に必要な作法や習い事も受け入れた。

母が嫌がるから、屋敷の外にも出ないようにした。

母が嫌がるから、別荘を訪れる人もいない。

使用人たちがヒソヒソ話す。おかわいそうに。本当は男の子なのに。エルデ侯爵家の嫡男なのに、女の子の恰好をさせられて、こんな人気のない場所に閉じ込められて。

そんな声が聞こえるたびに、みじめな気持ちになった。

自分が女の子の恰好をしているのは、母がおかしくなったせい。母がおかしくなったのは、父のせい。

やり場のない気持ちが父への怒りに変わっていった。父が許せなかった。

父からはなんの連絡もないまま、時間が過ぎていく。成長するにつれて、シルヴィスの体は丈夫になり、めったに熱も出さなくなった。ただ風邪をひくと症状が重くなりやすいので、医師からは風邪には気を付けるように言われていた。

シルヴィスが十歳の夏。

その年、初めて別荘に客人がやってきた。母の体調がだいぶよくなってきたので、医師のすすめで母がかつて親しくしていた友人の一人を招いたのだ。

今は結婚して伯爵夫人となっているその友人は、小さな女の子を一人連れてきた。金色のふわふわとした髪の毛に、空色の瞳をした女の子だった。

シルヴィスよりは何歳か年下らしい女の子があまりにもかわいらしくて、同世代の子どもと触れ合ったことがないシルヴィスは気後れしてしまい、挨拶もそこそこに自分の部屋に引きこもってしまった。

そのくせ、客人たちの様子が気になる。

庭でティータイムを楽しむ母たちが見える部屋に移動し、シルヴィスはこっそりとその様子を窓から覗いた。

一人にもかかわらず、あの子が楽しそうに花が咲く庭を駆け回っているのが見えた。花を摘んでは、母親たちのもとにやってくる。

どうしてか、その子を目が追いかけてしまう。理由はわからない。でも、見飽きない。こんな気持ちになったのは初めてだ。

ふと、その女の子がこちらを向いた。シルヴィスに気が付いて、笑って手を振る。

シルヴィスは慌てて窓から離れた。

気付かれるとは思わなかった。驚いた。心臓がドキドキする。顔が赤くなっているのがわかる。しかし嫌な気分ではなかった。

だからといって、あの子に対する気後れがなくなるわけではなく、シルヴィスは何かと理由をつけてはあの子と顔を合わせないようにした。母はそんなシルヴィスをたしなめたが、友人の伯爵夫人は「そういう年頃よね」と笑って許してくれた。

嫌われたくない。けれど、どうすればいいのかもわからない。自然に振る舞いたいのに、それができない。そんな自分がもどかしくてならない。

客人が来て数日後。その日は雨だった。

本館にいるとあの子とばったり出くわすかもしれないから、今日は離れにいよう。そう思ってシルヴィスは、お気に入りの本を持って離れに向かった。

「みーつけた」

離れの一室で行儀悪く床に座り、持ち込んだ本を広げていたところに明るい声が響く。

大げさなくらい驚いて振り返ると、部屋の入り口にあの女の子が立っていた。

「ねえ、どうしてリリから逃げるの？」

屈託なく言いながら近づく彼女の手には、小さなバイオリンのケースが握られている。

「ど、どうしてここに？」

あの子に見つけられたことにどぎまぎしながらたずねると、彼女は「あとをつけてきたの」と教えてくれた。

「リリ、あなたとおともだちになりたいのに、あなたはリリのもとに来てくれないんだもの。ずっとリリのこと見てたくせに」

「う……」

シルヴィスは気まずさに返事ができなかった。

彼女の名前は「リリ」というらしい。

シルヴィスがいつも見ていたことには気付いていたようだ。

「だからね、おかあさまに、あなたとおともだちになる方法を聞いたの。おかあさまは、バイオリンをきかせてあげたら、すぐにおともだちになれるわよって教えてくれたけど」

言葉に詰まるシルヴィスを気にする様子もなく、リリがシルヴィスの隣にぺたんと座る。

「でもね、リリはあまりバイオリンがじょうずではないの。ならい始めたばっかりだから。どうやったらおともだちになれ……ねえ、何をよんでいるの？」

ずい、とリリが体を乗り出して、シルヴィスが開いている本を覗き込む。

「え……えーと、植物図鑑」

彼女との距離の近さに思わず声が上ずる。

「おもしろい？」

「私はおもしろいけど……」

「じゃあ、リリにそのご本をよんで。リリ、あまりむずかしい字はよめないから」

物怖じしない性格のようだ。至近距離から明るい青色の瞳に見つめられ、シルヴィスは落ち着かない気持ちを精いっぱい押し隠しながら、それまで目で追っていた文章を声に出して読み始めた。

リリはニコニコしながらシルヴィスの音読を聞いている。

でもこれはただの図鑑だ。

「おもしろい……？」

しばらくして聞くと、彼女は「うん」と頷いた。

「あなたの声はとてもきれい。ピアノの音みたい」

「声？　きれい？」

見た目を褒められたことは何度かあるが、声がきれいと言われたのは初めてだ。ピアノみたいと言われたことも。リリの耳に自分の声は、どう聞こえているのだろう。

ふと、シルヴィスはリリが持ってきたバイオリンケースに目を留めた。

自分と親しくなるためにわざわざ持ってきてくれたバイオリンだ。聴いてみたい。

「この本を読み終わったら、バイオリンを聴かせてくれる？　その……頑張って読んだごほうびに。どう？」

「リリのバイオリンでいいの？　リリ、あんまりじょうずじゃないから、ごほうびになる？」

リリが不安そうに聞く。

「リリのバイオリンが聴いてみたいんだ。私のほしいものだから、ごほうびになるよ。でしょ？」

「そっか。ね、続きを読んで」

リリが納得する。よかった。

リリにせがまれ、シルヴィスは再び図鑑に目を落とした。

外は雨。単調な物音に、単調な説明文の朗読。気が付くとリリは横になり、子猫のように丸まって寝てしまっていた。

ふっくらした頰にかかる金色の髪の毛。長い睫毛。血色のいい唇はよく熟した果物のよ

うに、みずみずしい。

どうしても触ってみたくて、そっと手を伸ばす。

リリの頬はなめらかでふわふわとしていて、温かかった。

次にリリの髪の毛に触れる。梳いてみると、ほんのり甘いにおいが漂ってきた。

胸の奥からあたたかいものが込み上げて、広がっていく。

――なんだろう。わからない。

リリのそばにいたくて、シルヴィスはすぐ隣にごろんと横になった。リリの規則正しい寝息が聞こえる。

――もうじきこの子は帰ってしまうんだよね。

その前に、ちゃんと友達になりたいな、と思った。この子と仲良くなりたい。また会いたい。そんなふうに誰かに対して思ったのは初めてだった。

人は寝ると体温が下がるということを知っていれば、この時、リリに何かをかけてあげられたはずなのだ。けれどシルヴィスはそのことを知らなかった。

リリの寝息に誘われるようにシルヴィスも目を閉じたのは、いつ頃だったろうか。

「ここにいたぞ！」

大人の声で叩き起こされた時にはすでに、あたりは暗くなっていた。

シルヴィスとリリはその夜から熱を出した。夏とはいえ雨の日は気温が下がるから、二人とも風邪をひいてしまったのだ。

シルヴィスは五日に渡ってベッドで高熱にうなされ続けた。成長して丈夫になってきたとはいえ、シルヴィスは風邪に弱い。

ようやく熱が下がった時には、もう、リリは別荘を去ったあとだった。

リリは一日で平熱に戻り、リリと伯爵夫人は、シルヴィスに気を遣って滞在期間を早め、帰ったのだそうだ。

「あの子は？　一緒にいたあの子は大丈夫だった？」

様子を見に来た母にたずねる。

「無事よ。よかったわね。お客様に何かあったら、大変なことになっていたわ」

「ねえ、あの子の本当の名前はなんていうの？　お手紙を書きたい！」

「いいわね。あなたにもお友達が必要だものね」

シルヴィスの提案に、母がにっこり笑って承諾する。

「お母様、またあの子に会えますか？　またあの子をここに招待していただけますか？」

「ええ、もちろんよ。だからもう少し、お休みなさい」

母が頷いたことに安心して、シルヴィスは布団にもぐりこんだ。

あの子に手紙を書こう。この次はもっといっぱい話をしよう。植物図鑑を朗読したご褒美もらわなくては。バイオリンを聴かせてもらう約束をしたのだから。

けれど、シルヴィスが「あの子」に会うことはなかった。

母は「この次」の約束をかなえられなかったからだ。

あれからいろいろなことがあった。もう二度と会えないと思っていた。しかし、あの舞踏会で再会できた。

これは神の思し召しだ。本気でそう思った。

第二章

結局、ほとんど眠れず、朝を迎えた。寝不足の目に朝日が沁みる。

リリアーヌは明るくなるなり寝間着にガウンを羽織った姿のまま、父の部屋を訪れた。

「お父様、どういうことなんですか⁉」

リリアーヌの大きな声に、昨日と同じ格好で寝ていた父がびっくりして飛び起きる。

「な、なんなんだ、リリアーヌ。大声を出して。……ここは私の部屋か？」

父がきょろきょろとあたりを見回す。酔っぱらって記憶がないようだ。

「そうです、ここはお父様の部屋。ねえ、お父様、昨夜のことは覚えていらして？」

リリアーヌは大きなベッドの端っこに座り、ベッドの上に胡坐をかいている父に向かい合った。

「昨夜？」

「賭博場に出かけたでしょう。そのあとのことよ」

「あ……ああ……そういえば私は、どうやってここに帰ってきたんだ？」

頭が痛むのか、こめかみを押さえながら父が聞く。二日酔いに違いない。

「シルヴィス様が連れてきてくださったの。覚えていないの？」

「シルヴィス……ああ、エルデ卿か……そうか……」

父は頭を押さえたまま頷きかけ、ハッとリリアーヌに振り向いた。

「リリアーヌ、エルデ卿に会ったのか？　何か言って……」

「ええ、いろいろとにわかには信じられないことをおっしゃっていたわ。なんでも、賭博場でお父様が私を賭けてシルヴィス様と勝負をし、負けたから、私を嫁がせることにしたとか」

リリアーヌはわざと言葉を区切って強調しながら、昨夜シルヴィスから聞いたことを父に伝える。

父の顔から血の気が引いていくのがわかった。

「す……すまない、リリアーヌ……」

しばらくして、父が声を絞り出す。

その様子から、リリアーヌはシルヴィスの言っていたことがすべて事実だと悟った。

「どういうことなの、お父様。話を聞かせて」

「実は……」

父の話によると、来週までに必要な金額は六百万マルス。手元に用意できたのは三百万マルス。倍にすればいいのだからいける。そう思って父は賭博場に行った。投資は仕組みをよく知らなかったせいで大損をしてしまったが、カードゲームなら若い頃から慣れ親しんでいる。倍にするくらいならできるはずだ。

そして実際、父は倍にできた。その様子を見ていたシルヴィスから「今日はツイているらしいので、もう一勝負しませんか」と話しかけられ、乗ってしまったのが運の尽き。

最初はシルヴィス相手にも勝ってぼろ儲けしたそうだ。それで気が大きくなり、シルヴィスに請われるまま勝負を続けたのだが、今度はあれよあれよと負けがかさんで、無一文に近くなっていた。

そして呆然となった父にシルヴィスが提案してきたのだ。

『私は伴侶を探しています。リリアーヌ嬢は大変魅力的だ。次の勝負で、私が勝ったらリリアーヌ嬢をもらう。負けたら、リリアーヌ嬢の持参金と同じ金額を払う。いかがですか？』

賭けに勝てばリリアーヌの持参金と同額の三千万マルスが手に入る。それだけあれば今日の負けを取り返せるだけでなく、差し迫っている返済に必要な金額も手に入るうえに、多少のおつりも出る。

シルヴィスには何度か勝っているから、勝てるのではないか、と、思ったのだという。

「なぜそうなるの⁉　ぼろ儲けしたところで止めればよかったのに！」

そこまで話を聞き、リリアーヌは思わず大声を上げた。父が呻(うめ)いて頭を押さえる。大声が頭に響いたらしい。

「お酒を飲んでいたからね。それに、何もかも持っているエルデ卿が私に負けて悔しがっていたから……」

父の声がどんどん小さくなる。あり得ない。

「その様子がおもしろくて、つい彼の口車に乗ってしまったというの？」

リリアーヌの確認に、父が項垂(うなだ)れる。

「すまない……」

「そ、それで、その、本当に？　私はシルヴィス様と結婚しなければならないの？」

「この話を破談にすると、エルデ卿に三千万マルスを支払わなくてはならなくなるんだ」

「……っ」

父の言葉に、リリアーヌは思わず自身のガウンを握り締めた。

「それに、リリアーヌが嫁いでくるのなら、グローセル伯爵家への支援もすると約束してくれたし」

「どういうことなの？　それじゃ、シルヴィス様は大損じゃない。……そういえばシルヴィス様は私のことを知っているようだった。私のことをリリと呼んだわ。バイオリンのことも知っていた。お父様、私は小さい頃、シルヴィス様とお会いしたことがあるの？」

「いいや、ないはずだ。だいたい、我が家がエルデ侯爵家のような大貴族と縁があると思うか？」

父の問いかけにリリアーヌは首を振った。思わない。

「じゃあ、なんだったのかしら」

「おおかた、知っている誰かがどこかで話題にでもしたんじゃないかい？」

父の言葉に「あり得る」と思った。リリという愛称もバイオリンを習っていたことも、知っている人がゼロというわけではないのだ。訳アリの噂が出てきた時におもしろおかしく話した人がいても、不思議ではない。

真相を確かめたら不愉快なことになりそうだ。リリアーヌは頭を振って、その疑問を追い出した。

「そんなことより、どうしてシルヴィス様が私を妻にしたがるのかということよ」

「妻がほしいと言っていたよ」

「それは知っているわ。なぜそれが私なのか、ということよ」

シルヴィスが結婚相手を探しているのは知っているが、シルヴィスは令嬢に大人気で、相手は選り取り見取りの状態である。

リリアーヌを選んだ理由を無理にひねり出すとしたら、舞踏会の意趣返しでなければ、妻の実家に煩わされたくない、くらいだろうか。

シルヴィスから援助を受けるということは、リリアーヌがシルヴィスからどんな扱いを受けても、グローセル伯爵家はシルヴィスに口出しできないということでもある。

——シルヴィス様は、自分の言いなりになる妻がほしかったということ？

しかもグローセル伯爵家には力がないから、切り捨てることも可能だ。

そのことに気が付いて、リリアーヌは青ざめた。この結婚、リリアーヌにとって分が悪すぎる。

「お父様、このお話、なかったことにはできないの？　いくらなんでもひどすぎるわ」

リリアーヌはずいと父に身を乗り出してたずねた。

「無理だろう。この件について書面を交わしてしまったからね……私が昨夜着ていた上着のポケットにあるはずだ」

父の答えを聞くや否やベッドから飛び降り、ソファに置いてある父の上着に手を伸ばす。ポケットを探ると、片方のポケットから紙切れが出てきた。

広げると確かに、「本日の支払金を要求しない代わりに、リリアーヌ・ノア・グローセルを嫁がせる」という走り書きに、日付と父及びシルヴィスの署名が入っている。

「こんな殴り書きみたいな書面に効力があるとは思えないわ。お父様、私はこの結婚に断固反対です！」

「すまない、リリアーヌ。殴り書きみたいな書面ではあるが、本人の直筆署名が入っているものなら、効力があるんだよ……」

父の呟きを聞くなり、リリアーヌは書面をソファに投げ捨てると部屋を飛び出した。

悔しかった。こんなことで結婚が決まってしまうことが。

今まで頑張って舞踏会に参加してきたのは、自分を大切にしてくれる男性に嫁ぎたいという気持ちがあったからだ。思い合える相手でなくてもいい。自分の人生を託すのだから、せめて「この人なら大丈夫」という人を自分で見極めたかった。

――あの人、イカサマしたに決まってる！

自分の部屋に駆け込んでベッドに身を投げる。

――あの人は言いなりにできる娘がほしかっただけなのよ！　絶対そうよ！

だから多くの令嬢と会いながらも、誰も選ばなかったのだ。なぜならシルヴィスに声をかける令嬢の多くは、有力貴族ばかりだ。言いなりにはできない。

――信じられない！

腹立ちまぎれにリリアーヌはぼんぼんと枕を叩いた。怒りで頭がどうかなりそうだ。大声でわめかなかっただけ偉い。

それから四時間後、午前十時過ぎ。

リリアーヌは機嫌を直す間もなく、父とともに応接間でシルヴィスと向かい合っていた。

昨夜は夜の社交場に顔を出すためか夜会服だったが、今はネイビーブルーのモーニングコートに白いシャツ、同系色のベスト、タイ、スラックス。

昼間の装いも見とれてしまうほど凛々しい。この人がモテるのもわかる。なのにこの人は、言いなりにできる娘を探して自分に求婚してきたのだ。そのことに腹が立つ。

「あなたの顔を見る限り、経緯はお父上から聞いているようだな」

言いながらシルヴィスが胸のポケットから折りたたんだ紙を出し、リリアーヌによく見えるようにテーブルの上に広げて置いた。

それは父のポケットに入っていたものと同じ、二人の署名入りの走り書きだった。

「こんなものにどれほどの力が？」

「こ……こら、リリアーヌ。失礼だろう」

不機嫌さを隠さず言い返したリリアーヌを、隣に座る父が慌ててたしなめる。

「私とあなたのお父上の署名が入っている。走り書きだが、これは正式な文書だ。これが果たされなければ、お父上は三千万マルスを私に払わなくてはならない」

リリアーヌの父を手で制しながら、シルヴィスが続ける。

「あなたはどういうおつもりで、私を妻にしたいのですか？　こう言ってはなんですが、我が家は有力貴族でもなければ、裕福でもない。シルヴィス様にとって利益のある結婚ではありません」

「あなたは利益がない人間とは結婚しないというのか？」

「当然です。貴族の結婚とはそういうものでしょう」

「なるほど。だが、結婚にもっとも必要なのは、利益よりも愛情だと思うが。私は間違ったことを言っているだろうか？」

「間違ってはおりませんが、シルヴィス様が私に愛情があるとは思えません」

「そう思う理由は？」

「第一に、私はシルヴィス様とほとんど話したことがありません。シルヴィス様は幼い頃の私をご存じのようですが、私の記憶にはありませんし、我が家はエルデ侯爵家に縁がありません。どなたかの噂話で興味を持っただけでしょう？」

人前ではおしとやかに振る舞うことが礼儀とされるが、リリアーヌはその礼儀をかなぐり捨ててシルヴィスを挑むように見つめた。

「第二に、私は大勢の人の前でシルヴィス様を辱めました。愛情より恨みの気持ちのほうが強いと推測します。第三に、私を手に入れるために賭け事を使いました。この理由がわかりません。私に愛情があるというのなら、正面から申し込めば済む話です」

強い口調で理由を並べるリリアーヌを、シルヴィスは冷静な態度で受け止めている。不快感は表していない。

「以上の点から、あなたは私に愛情など抱いていないと判断しました。ゆえにあなたが私にこだわるのは、愛情以外に何かあるのだと推測します。あなたにとって私を選ぶと都合のいい何かが」

「なるほどね」

リリアーヌの並べ立てる理由に、シルヴィスが頷く。

傍若無人な振る舞いをするリリアーヌに、傍らで父がはらはらしているのがわかるが、かまうものか。

「では、その理由に答えよう。第一に、私は子どもの頃、あなたと会ったことがある。あなたがバイオリンを弾けるのも、あなたの愛称を知っていたのもそのためだ。確かに親しい間柄ではなかったが、あなたに好意を抱くには十分だったよ」

――私に会ったことがある？

意外な答えに、リリアーヌは目を丸くした。誰かから訳アリ令嬢の過去を聞いて興味を持ったのだとばかり思っていたのに。

「第二に、私は別にあなたに辱められた覚えはない。だからあなたを恨んでなどはいない。第三に、正面から申し込んだが振られたので、文字通り賭けに出た。賭博場でお父上に会ったのは偶然だ。賭け事を利用したのは、こうすれば、あなたは逃げられないからだ」

「逃げられない？　父に勝つ自信があったということは、やっぱりイカサマをしたのね！　この話は無効よ！」

リリアーヌは叫んで立ち上がった。

「私はイカサマなどしていない。疑問に思うならディーラーに確認すればいい。それに正式に契約を交わしているから、無効にはできない。こんな手書きの紙切れでも」

シルヴィスがテーブルの上のメモ書きを指先でつまみながら、冷静に言う。

「つまりあなたは、私の妻になる以外にない」

チェックメイト。そんな言葉が聞こえた気がした。

「私はあなたに持参金を求めない。それどころか、あなたと引き換えに持参金相当の金額を出そうと言っている。それだけではなくグローセル伯爵家が抱えている負債もすべて返済しよう。妻の実家に没落されては困るからな。あなたには悪くない話だと思うが……」

言いながら、シルヴィスは視線を応接室のドアに向けた。

その途端、ドアの外で「きゃあ！」「見つかったわ！」といった声が聞こえ、バタバタと走り去っていく音が響いた。

リリアーヌの二人の妹、アンとステラだ。なんということだ、応接間のドアから中をうかがっていたなんて。

「確かこの家には、あと二人、ご令嬢がいるんだったか。リリアーヌの妹らしい元気のよさだ、と言いたいところだが、社交界に出すには躾の面でいささか不安が残るな。俺が言うのもなんだが」

シルヴィスがドアを見つけたまま呟く。

と、その時。二階でバターンと派手に何かが転倒する音が聞こえ、パラパラと天井からホコリが降ってきた。掃除をさぼり続けている照明器具からに違いない。

「……人を迎える部屋なのに、手入れが行き届いていないようだな」

シルヴィスがため息をつきながら、肩に降ってきたホコリを払う。

確かにアンとステラの躾は足りていない。資金不足で家庭教師を雇えておらず、最低限のことはリリアーヌが教えている状態だ。

そのうえ、建物の手入れにも手が回っていないことまでバレてしまった。掃除をしたくても、メイドの数が少ないので必要最低限のことしかできないのだ。

こんなところを見られるなんて、恥ずかしいし、悔しい。

リリアーヌは顔を真っ赤にしてソファに座り直した。

「この家の財政状況が苦しいとは聞いていたが、これほどとはな。この家には全面的に手を入れさせてもらおう。人を雇い、修復業者を入れる。質のいい家庭教師も必要だな。結婚は、すべての体裁が整ってからにしよう」

「ま、待って！　勝手に話を進めないで。私はあなたとの結婚を承諾したわけではないのよ」

リリアーヌはシルヴィスを遮って彼を睨みつけた。

「まだわからないのか。あなたには選択肢なんてないんだ。どうしてもいやだと言うのなら、三千万マルスを私に支払うことだ」

「……っ」

それを言われると返す言葉がない。ぐっと奥歯を嚙みしめたリリアーヌを、シルヴィスがじろじろと見つめる。

「な、なんですか……」

「仮にも由緒ある伯爵家の令嬢なのだから、身だしなみにはもっと気を付けたほうがいいと思って」

「これは普段着です！　私にだってちゃんとしたドレスがありますから！」

リリアーヌはくたびれが目立ってきたデイドレスを腕で隠しながら、大声で言い返した。見られたくないものばかり見られて心がぼろぼろになっているため、取り繕う気にもなれない。

「グローセル伯、リリアーヌをお借りする」

言うなりシルヴィスが立ち上がって、リリアーヌに手を差し出す。

「え？　ちょっと」

「夕食には間に合うように連れて帰る」

「あ、あの」

リリアーヌが動かないので、シルヴィスがリリアーヌの腕をつかむ。引っ張られて立ち上がると、そのままシルヴィスに引きずれるようにして応接間を出る。

「待って！　どこへ行くの？　外出するなら着替えて……」

「その着替えを新調しに行くんだ。そのままでいい」

「ええ……せ、せめて帽子！　帽子だけでも……！」

「新しいのを買ってやるから」

抵抗を試みるが、シルヴィスに却下される。

ずるずると廊下を引きずられていき、タウンハウスの奥から姿を現したボドワンが玄関ドアを開く。

屋敷の奥に目をやると、階段の上から二人の妹が興味津々といった顔でリリアーヌを見つめ、廊下の奥からは不安そうに父がリリアーヌを見送っていた。

まるで罪人が警察に連行されていくみたいではないか。

「乗りなさい」

グローセル伯爵家のタウンハウスの前には、エルデ侯爵家の紋章入りの馬車が泊まっている。御者ではなくシルヴィス自身がドアを開き、手を差し出してくれた。

——なんて強引なの！　それに非常識‼

しかし逃げられそうにはない。リリアーヌは観念すると、シルヴィスの手は無視して車体に手をかけ、馬車へと乗り込んだ。

連れて行かれたのは王都の中心部、仕立屋や宝飾店など上流階級の人々が装うためのお店が並ぶ一角だった。

シルヴィスの意図は明らかだ。この界隈でリリアーヌのドレスや宝飾品を新調する気なのだろう。

貴族の一員であれば、この界隈で身の回りのものを買い揃えるのが常識だ。家計は火の車のリリアーヌも、社交に必要なものはこのあたりで買い物をする。けれど、華やかに装うための買い物は気が重くてあまり好きではなかった。

購入資金が足りない場合、借金をしなくてはならないからだ。ぜひ金額を気にせず注文してみたいものだと、家計のことを考えて質素なドレスを注文しながら、いつも思っていた。

案の定、シルヴィスが案内してくれたのは、最も規模が大きく、品揃えも豊富な仕立屋だった。誰もが憧れる、そんな店だ。価格帯が高いので、リリアーヌは訪れたことがない。

「これはシルヴィス様。ようこそお越しくださいました」

店に入るなり、奥から店主らしき男性が姿を現す。灰色の髪の毛にひげ、当然ながら仕立てのいいスーツをまとっている。

「今日はどのようなご用件で？」

その店主がちらりと、この店にはおよそ似つかわしくない、色あせたデイドレス姿のリリアーヌに目を向ける。

「いきなりで悪いが、彼女のために夏用のドレスを用意したい。昼用と、夜会用に。何着くらいあれば足りるだろうか？」

「そうですね……まったくお持ちでないのであれば、とりあえずそれぞれ五、六着ほどあれば着回せるのでは？」

「そうか、ではそれぞれ六着ずつ頼む。それに合わせるアクセサリーや靴も揃えてもらえると、ありがたい」

「えっ⁉　ちょ……ちょっと、シルヴィス様！」

リリアーヌは、とんでもないことを言い出したシルヴィスの腕をつかんで引っ張った。特注品のドレスは高価だ。それを六着、さらにアクセサリーや靴まで。いったいいくらかかるのか、考えただけでもおそろしい。

「夏用のドレスでしたら、すでに持っています。新調する必要は」

店主に聞かれたい話題ではないので、その店主に背を向けてシルヴィスに囁く。

「リリアーヌはもう私の婚約者だ。みすぼらしい恰好をされては困る」

シルヴィスもリリアーヌに合わせ、小声で答える。

「これは普段着ですから。それに私のドレスも、みすぼらしくなんてないわ。この店ではないけれど、この近くのお店で仕立てていただいたドレスだもの」

リリアーヌは器用にも声をひそめたまま強めの口調で言い返した。

「みすぼらしくはないが質素だ。そのせいで訳アリの噂を助長してしまっていることに、気付いていないわけじゃないだろう？　リリアーヌを侮る連中を見返してやりたいんだ」

――え……？

見返してやりたい？　シルヴィスが？　なぜ？

だがシルヴィスはそれで話は終わりとばかりに、くるりと店主を振り向く。

「あとは頼む。私の婚約者だ、丁寧に接していただきたい」

「お任せください！　シルヴィス様のご婚約者様とは！　いつご婚約されたのですか？　話に疎くて申し訳ございません……ですが、シルヴィス様がご婚約されたとなると、がっかりするご令嬢は多いでしょうなあ」

笑いながら店主が店先のカウンター上に置いてあったベルを鳴らす。店の奥から女性が二人現れて、リリアーヌの手を取る。

「あ、あの、ちょっと……」

シルヴィスを振り向くと、機嫌よさそうな顔でこちらを見ていた。

侮る連中を見返してやりたいとは、どういうことだろう。まるでリリアーヌに訳アリの噂を立てた人たちに憤慨しているみたいではないか。

なぜシルヴィスがリリアーヌのために憤慨する必要があるのだろう。

混乱したまま、リリアーヌは店の奥へと連れ込まれたのだった。


採寸を終えたあと、リリアーヌはシルヴィスとともに、店主と新しいドレスについて打ち合わせをした。

彼の性格からしてもっと口出ししてくるのかと思ったが、意見を求めた時に少し答える程度だったことには意外だった。

予算は気にしなくていいという。では遠慮なく。

――お財布事情を考えないお買い物って、楽しい……！

予算を気にしないでいいドレス作りには、ずっと憧れていた。それがかなえられたのだ、気持ちが弾まないわけがない。

すべての打ち合わせを終えたあと、シルヴィスは「今の格好は出歩くのにふさわしくないから」という理由で、店内に飾ってあった売り出し中のデイドレスまで購入してくれた。

ここ数年、女性たちの間では軽くて動きやすい装いへの人気が高まっており、軽やかなデザインのデイドレスが増えてきているのだ。

店内の展示品は、新しく発明された素材で作られているため、軽く、発色もよく、しわになりにくいのだという。

試着室で着せてもらったところ、確かに羽をまとっているかのように軽くて驚いた。鏡の前でくるりと一回転してみると、スカート部分がふわりと広がる。

「少しお化粧をしましょうか」

試着室で上機嫌になっているリリアーヌに、女性店員が声をかける。

鏡台に導かれ、髪の毛を結ってもらい、薄く化粧をしてもらう。それだけで生き生きとした顔になった。

ドレスに似合う靴と帽子、バッグ、さらにアクセサリーまでつけてもらって店先に戻ると、シルヴィスが驚いたように目を瞠った。

「これは見違えたな」

さんざんリリアーヌを苛立たせたシルヴィスを驚かせることができて、ちょっと気持ちいい。

「素材がいいから、どんな装いも映えますわ」

リリアーヌに化粧を施してくれた女性店員がニコニコと言う。

「そうだな。リリアーヌが自分の魅せ方を知っていたら、今頃はどこかで夫と子どもの世話をしていたことだろう。そうならなくてよかった」

シルヴィスがしみじみと呟く。

——えっ？

「侮る連中を見返してやりたい」の次は「夫と子どもの世話をしていなくてよかった」？

——それではまるで……。

本当に自分に愛情があるみたいではないか。

——シルヴィス様は言いなりにできる妻がほしくて、私を選んだのではないの？

「では、次へ行こうか」

「次？」

リリアーヌは思わず聞き返した。時刻はすでに昼食時を過ぎている。おなかがぺこぺこなのだ。また装いに関するお店だったら、空腹で倒れてしまうかもしれない。

「そう心配するな。次は、リリアーヌの行きたい場所に案内する」

リリアーヌの不安を見透かしたかのようにシルヴィスが言い、腕を差し出してきた。

次に連れて行かれたのは、ホテルの一階にあるレストランだった。昼時ということもあり、店内は混んでいたが、シルヴィスが名乗ると店員はすぐさまリリアーヌたちを奥に案内してくれた。通されたのは、秘密の階段を上がった二階席だ。

シルヴィスによると、限られた人間だけが案内される席なのだという。

「わかったわ。買い物と食事で私を懐柔する作戦ね」

テーブルについたあと、リリアーヌはシルヴィスを睨めつけた。

「その通り。人生においしいものは必要だ」

シルヴィスが言う。

——こんなことで絆されたりなんてしないんだから！

そう思ったのだが。

——おいしい〜〜〜〜！

見たこともない野菜が盛りつけられた前菜を口に運んだ瞬間から、リリアーヌは料理の虜になっていた。

シルヴィスがリリアーヌの機嫌を取るために選んだレストランだけあって、見た目は美しく、味付けはすべて絶妙で、シルヴィスに対して気を許していなかったことを忘れてしまうほど感動してしまった。

魚料理はパリパリの焼き加減が素晴らしく、ソースと絡めると舌がとろけそう。肉料理は信じられないくらい柔らかく、口の中でほどけていく様に驚いた。

「ずいぶんおいしそうに食べるんだな」

ひとつひとつに目を輝かせながら食べるリリアーヌに、シルヴィスがやや呆れたように言う。態度が先ほどと全然違うからだろう。

「料理に罪はありませんから」

それはもしかしたら皮肉なのかもしれなかったが、不思議なことに気にならなかった。おいしいものは心を寛大にしてくれるようだ。だが、口を開くと嫌味を言ってしまいそうだから、リリアーヌはできるだけ黙って食事に徹した。

それはシルヴィスも同じだったのではないだろうか。食事の間、シルヴィスもほとんど口を開かなかった。

ただ、時々目を上げてシルヴィスを見ると、意外なくらい優しい目付きをしたシルヴィスが目に飛び込んできて、そのたびに食べているものが喉につっかえそうにはなった。大変居心地が悪い。

たいして信じていなかった「愛情がある」という言葉は、もしかしたら本当なのかもしれない。

『侮る連中を見返してやりたい』も『今頃はどこかで夫と子どもの世話をしていたことだろう。そうならなくてよかった』も、ひょっとして本音なのかも……？

――いいえ、そんなはずはないわ。それであれば、普通に結婚を申し込めばいいだけの話だもの。お父様と賭けをする必要はないはずよ。

だからこの結婚には何かある。万が一にでもリリアーヌに断られたら困る何かが。

そう思うから、シルヴィスの言葉を素直に受け止めることができない。

帰り際、ここの名物だという焼き菓子をシルヴィスに購入してもらい、リリアーヌは夕ウンハウスに戻った。

「リリアーヌお姉様、素敵な方に結婚を申し込まれて、よかったわね！」

「本当よね。リリアーヌお姉様が私達のためにお金持ちと結婚しようとなさっていたことは知っているけれど、お相手がお父様とそう変わらないお年だったら、ちょっとね」

「リリアーヌお姉様には幸せになってほしいもの」

シルヴィスが帰ったあと、香ばしいにおいの焼き菓子に喜んだ妹たちが、遠慮なくさえずる。

「まだ結婚すると決まったわけじゃないわ」

「あら、そうなの？　でもシルヴィス様からのお申し出なら、どのみちお断りできないでしょ？」

リリアーヌの言葉にアンが不思議そうに言う。

「お嬢様方、お手伝いしてくださらないのなら、もう少し邪魔にならない場所でおしゃべりしてくださいませ」

言葉を返そうと口を開きかけたリリアーヌの後ろを、メイド頭がそう声をかけながら通っていった。長い付き合いなので、姉妹に対して口調が気安い。

夕食前だが、せっかく買ってきたので、家族用の居間にて焼き菓子をいただこうという話になったのだ。メイド頭がてきぱきとお茶の道具を運んでくる。

「シルヴィス様なら私たちも鼻が高いわ！　だってそのデイドレス、お姉様によく似合っているもの。シルヴィス様が買ってくださったのでしょう？」

　メイド頭の邪魔にならない場所に移動し、ステラが聞いてくる。頷くと、きゃあっ、と楽しげな声を上げた。

「シルヴィス様はお姉様のよさがわかっていらっしゃる！　きっとお姉様を幸せにしてくださるわ。それにシルヴィス様がお義兄様になってくださったら、きっと私達にも素敵な結婚相手を紹介してくださるに違いないもの！」

　ねー、と二人の妹たちが顔を見合わせてはしゃぐ。

「そうね。そうだと嬉しいわ」

　これは何を言っても無駄だと思い、リリアーヌは居間を出て書斎に向かった。父を呼ぶためだ。父は居間にいなければ、たいてい書斎にいる。

　ドアをノックしてから開くと、思った通り、父が机の向こう側に座って眼鏡をかけ、書類を眺めているところだった。

　父がこうして書類を確認することは珍しくない。ほとんどが借金関連のものだが。

「おお、リリアーヌか。きれいな格好をしているね……エルデ卿から？」

　父が嬉しそうに言うので、リリアーヌはくるりと一回転してみせた。

「ええ、そう。そのシルヴィス様からお土産をいただいたの。レストランの焼き菓子よ。お茶を淹れたから一緒にいただきましょう」

「もうすぐ夕食だと思うが」

「ちょっとだけよ」

リリアーヌの誘いに父が眼鏡を外して机の上に置く。

「実は、おまえが出かけている間にエルデ侯爵家から婚姻契約書が届いたんだ」

「婚姻契約書？」

「結婚前に財産分与や責任、相続権に関する取り決めをしておくんだ。これを交わせば婚約が成立する。そうなれば、後戻りはできない」

父がひとつ、ため息をつく。

「本来はもっとゆっくり時間をかけて双方で話し合うものなんだが、エルデ卿はできるだけ早くおまえと結婚したいそうだ。……エルデ卿とのこと、おまえはいいのかい？　本当に嫌なら、断ってもいいんだよ」

父が書斎机の向こう側から、じっとリリアーヌを見つめる。

リリアーヌは書斎机に近づき、父からその契約書を受け取った。ざっと目を走らせる。

「私がシルヴィス様の元にいる限り、エルデ侯爵家はグローセル伯爵家に支援してくださるそうよ。ずいぶん大盤振る舞いね」

「ただし婚約破棄や離縁の場合、エルデ侯爵家がグローセル伯爵家に行った支援はすべて返還しなければならないが」

「何をされても離縁できないわね」

リリアーヌは婚姻契約書をそっと父の前に戻した。お金のことしか書いていない。

「酔った勢いでこんなことになってしまって、すまない。私はとんでもないことを娘に強いてしまった……これは人身売買と同じだ……」

父が項垂れる。娘を賭ける前に気付いてほしかった。

父にはその場の勢いで決めてしまう傾向がある。投資の時もそうだった。優しい人だが、思慮深さに欠けるのだ。母は幼い娘たちを置いて逝くことより、この父を置いて逝くことのほうを案じていた。

まあ、父を追い詰めてもしかたがない。

「今日ね、シルヴィス様にたくさんドレスを買っていただいたの。その……私のドレスが質素だからって」

突然の話題変換に、父が顔を上げて怪訝そうに見つめてくる。

「シルヴィス様とドレスを選んだの。そのあと、昼食を一緒に摂ったわ。……けっこう、楽しかった、と思う……」

シルヴィスと出かけた時のことを思い出してみる。

最初の印象が悪かったせいでこちらもつい刺々しくなってしまったが、その後の彼の態度はそれほどひどいものではなかったような？

単に、買い物と食事で絆された、という気もするが、どのみちこの結婚は避けられないのだ。絆されたほうがいいのではないだろうか。いやな気持ちを持ったまま結婚してしまったら、それこそ悲劇だ。

「だから、たぶん、大丈夫」

それに彼は、リリアーヌに気持ちがある素振りも見せた。本当かどうかはわからないが。

「でも、私ははおまえのお母様と約束したんだよ。子どもたちを幸せにする、と」

「不幸になると決まったわけではないわ」

不安そうな父を安心させるように、リリアーヌは微笑んだ。

「だから安心して、お父様。……お茶が冷めてしまうわ。行きましょう」

リリアーヌがそう促して、父がようやく立ち上がる。

シルヴィスとの結婚は、経緯はあんまりだと思う。けれどシルヴィスの申し出通りエルデ侯爵家が全面的にグローセル伯爵家を支えてくれるのなら、これほどありがたいことはない。

これは、リリアーヌの希望がすべてかなう結婚話なのだ。

それに、本音はどうであれ、シルヴィスはリリアーヌを歓迎している。

つまり、自分の気の持ちようだとも言える。

もともと結婚に対し、高望みはしないつもりだった。裕福で、実家を支援してくれて、リリアーヌのことを蔑ろにしない人なら、思い合えなくても、結婚に打算や思惑があっても、目をつむるつもりだった。

しかしそれは、打算や思惑に納得できればの話であって、打算も思惑もわからないまま結婚するのはさすがに危ない気がする。

シルヴィスが賭けまで使って、リリアーヌを逃がさないようにしてきた理由があるはずだ。

とはいえ、この結婚は断れない。

——まだ、不幸になると決まったわけではないわ。

レストランで見せたシルヴィスの顔を思い出しながら、リリアーヌは心の中で呟いた。

＊＊＊

リリアーヌをグローセル伯爵家のタウンハウスに送り届けたあと、シルヴィスはしばらくその場に留まってタウンハウスを眺めていた。

夏ゆえに開けっ放しにしている居間の窓から、女性たちの賑やかな声が聞こえる。姉が戻ってきて、妹たちが騒いでいるのだろう。

正直、リリアーヌの妹たちはリリアーヌほど躾が行き届いていないと感じる。だが、同時に伸び伸びと育った気配も、姉妹仲の良さも感じる。

そこは羨ましいし、同時にほっとしてもいる。

あの女の子が自分のように親に疎まれたり、いらないもの扱いされたりせずに育って、本当によかった。

十歳の夏、シルヴィスはリリアーヌに出会った。あの時は、また会えると信じていた。けれどそれはかなわなかった。

あの夏の終わりに突然父の使いが来て、有無を言わせず馬車に連れ込まれた。使いが来たことを知り、母が泣きながら馬車を追いかけてくるのが見えた。不安になって使者にたずねると「いつでもお母様とお会いにもなれますし、手紙のやり取りも自由です」という。

だがそれは、嘘(うそ)だった。

久しぶりに会う父はやはり、冷たい目をしていた。

「嫡男にこんな恰好をさせるとは、あの女、本当に頭がおかしくなっていたんだな」

開口一番に出てきた言葉がこれだ。

「事故でおまえの祖父母が急逝し、私がエルデ侯爵を継ぐことになった。よっておまえは、これから次期侯爵としての振る舞いを覚えねばならん。今までのような勝手は許さないから覚えておけ。おまえは私の言う通りにすればいい」

今まで勝手に振る舞った覚えなんてない。母のために自分を殺してきた。次は父のために？　女の子の恰好をしていたのは、父が母を追い詰めたせいなのに。

「おまえの母親は高い買い物だったのに、まったく役立たずだった。おまえは役に立てよ、シルヴィス。でなければ本当に捨てるぞ」

父はそう言いながら忌ま忌ましげにシルヴィスの長い髪の毛をつかみ、ハサミでざくざくと切り落とした。父の思い通りに振る舞わなければこの髪の毛のような扱いを受けることになるぞという、それは父からの警告だった。

その秋、躾が厳しいことで有名な寄宿学校に入れられた。いじめも体罰も当たり前。人付き合いに慣れていないシルヴィスはうまく立ち回れず、何度悔しい思いをしたかわからない。

父は頼れない。

母と連絡を取ることは禁止された。

長期休暇は別荘ではなく、王都のエルデ侯爵家のタウンハウス、つまり父のもとで過ごさなくてはならなかった。シルヴィスに逃げ場はなかった。守ってくれる人もいない。

心も体も追い詰められていった。

つらくてつらくて心が死にそうな時、心に浮かんでくるのはなぜかあの夏の出来事だった。

あの子のことを思うと、不思議と心があたたかくなって生きる気力がわいてきた。

あの子にふさわしい大人になろう。あの子は伯爵令嬢なのだから、社交界で再会できる可能性は高い。その時に、ダンスの相手に選んでもらえるような男になろう。

だがその決意を嘲笑(あざわら)うかのように、シルヴィスの運命はあの子からどんどん遠ざかっていった。

シルヴィスが十三歳の時、父がアムリア王国の植民地のひとつ、本国よりはるか東にあるキルワースの総督に任じられ、シルヴィスは父とともに異国の地へ向かうことになったのである。

海上交通の要衝にあるキルワース半島は、積極的に支配地域拡大を行っているアムリア王国にとって、重要な拠点である。

いつ帰国できるかわからない、任期不明の海外赴任だった。

本国にいれば、社交の場であの子と出会う機会もあるだろう。しかしこんなに遠い場所にいては、それもかなわない。幼くして婚約者を決めてしまう者も少なくないのだ、一切交流がない自分があの子とダンスを踊れる機会なんて、もう、ないかもしれない。

その事実に気付いた時、心が冷えて黒く染まっていくのを感じた。

大切なものはすべて父によって奪われていく。母も、ほのかに期待していた未来も。何もかも。

――俺は、何なのだろう……？

父のおもちゃだろうか。それとも操り人形？

なんのために生きているのかわからない。生きる意味が見いだせない。

シルヴィスは父に命じられるまま現地の士官学校に入り、卒業後はアムリア海軍に入った。家柄のおかげで初めから尉官だ。

士官学校卒業の翌年、シルヴィスが二十歳の時、本国から母が流行り病にかかり状態が悪いという連絡が届いても、その半年後、母が亡くなったという連絡が届いても、父は自身も帰国しなかったし、シルヴィスの帰国も許さなかった。

父がエルデ侯爵家の墓地に入れることを拒否したため、母は王都近くの共同墓地に埋葬されたという連絡とともに、母が毎年シルヴィスの誕生日に書いていたという誕生日祝いのカードと、数えきれないほどの手紙が、本国のエルデ侯爵家から転送されてきた。

母がずっとエルデ侯爵家あてに送っていたが、エルデ侯爵家側がすべて受け取りを拒否し、返送していたのだという。だが最後に、母の遺品を整理したメイドが改めてエルデ侯爵家に手紙の束を送り、今回は遺品ということで受け取ってもらえたようだ。

手紙に目を通してシルヴィスは泣いた。声を上げて泣いたのはいつぶりだろう。わからない。

母は最期までシルヴィスを案じてくれていた。それなのに母はエルデ侯爵夫人と認められることなく、共同墓地に葬られた。

父に対する怒りはずっとくすぶっていたが、この時はっきりと父への復讐を考えるようになった。

それから三年後、その父が病にかかって遠い異国にて人生に幕を下ろした。

正直にいって、清々した。

父はシルヴィスに、エルデ侯爵家を頼むと言い残して死んだ。そうまで言うのなら、自分の手できっちりエルデ侯爵家を潰してやろう。潰してしまえば、自分は自由だ。

あの子のことは心に引っかかっていたが、自分のことなんて覚えていないだろうし、きっと結婚してしまっている。いつまでも引きずっているのも情けない。

考えてみたら、貴族の身分にも思い入れはない。どうせならあの子への未練とともに、すべて捨ててしまおう。

エルデ侯爵家の財産を処分し、その金を元手に何か新しいことを始めるのだ。国に留まっているといろいろ思い出すから、共同墓地から母の遺骨を引き取ったあとは、まったく知らない場所に行こう。

そのつもりで二十三歳の冬、シルヴィスは海軍を辞めて父の亡きがらとともに本国に戻った。

しかし話はそう簡単にはいかなかった。

父はシルヴィスを「法定相続人」に指定していた。これは相続拒否できない相続人のことだ。

次に、エルデ侯爵家のすべての財産には信託が設定してあり、相続人であるシルヴィスですら勝手に処分ができないようにしてあった。信託管理人は国王だ。ただし父が出資した事業の配当金や地代収入は、自由に使える。

さらに、この国の決まりで爵位保有者は領地と領民に対する責任と、貴族議会に出席する義務があるため、国外に移住できないことが判明した。

なお父は国からの命令による赴任ゆえに、国外への長期滞在許可が下りており、父が不在の間は、父が指名した代理人が領地の管理を行っていた。

そして最後に引き継いだのが、父の罪だ。

父はキルワースの税収を横領し、その金を事業の投資に使っていたのだ。

その事実を教えてくれたのは、長く本国の屋敷を取り仕切ってきた執事だった。父と同世代であり、父に代わって領地の管理を行っていた人物でもある。

「事実が明るみに出れば、罪に問われるのはシルヴィス様です。この秘密は他言なされませぬよう」

「どうして俺が父の罪まで引き継がなければならないんだ」

「その罪によって作られた財産を相続しましたからね。横領した金額を返さない限り、罪はなくなりません」

　横領した金額がいくらかは不明だが、帳簿から父が事業に出資した金額ならだいたいわかる。エルデ侯爵家の財産をすべて充てても足りない金額だ。

　この金のすべてが横領によるものだったなんて。世間では愛国者として知られているくせに、税金を横領していたとは腹黒いにも程がある。

　――冗談じゃない。

　なぜあの男の犯した罪まで自分が引き継がなくてはならないのか。しかも相続放棄ができないようにしてあるのだから、あまりにも卑怯（ひきょう）だ。

　死んだあとまで自分を縛り続ける父が憎くてたまらない。

　――なんとしても俺は自由になってやる……！

　すべてを継いだ日の夜、シルヴィスはそう誓った。

＊＊＊

　貴族の結婚には本来、とても時間をかけるものだが、婚姻契約書を返した翌日には、エルデ侯爵シルヴィスとグローセル伯爵令嬢リリアーヌの婚約が新聞に載った。

リリアーヌはその新聞記事を眺めながら、シルヴィスから届いた手紙を読んでいた。

いわく、新聞に対し婚約の告知をする、と。

――もう載っていますけれど……。

仕事が早すぎやしないだろうか。

手紙には、忙しくなりしばらくそちらに顔を出せないかわりに、ささやかなプレゼントを手配しておいた、とも書いてあった。

――何かしら。

その日の午後。

「どういうことなんですか？」

ボドワンからリリアーヌあてに来客だと告げられ、応接間に現れてみれば、ドアを開けるなりの大声。リリアーヌはびくりとなり、ドアを開けた姿勢のまま固まってしまった。

そこにいたのは、先日の舞踏会でリリアーヌに絡んできた、ロンデニア伯爵令嬢リリアナだった。

つややかな黒髪を頭の後ろで大きくまとめ、鮮やかな緑と黒のチェックのドレスに身を包んでいる。

——ま、まさかシルヴィス様からのプレゼントって、このこと……？

シルヴィスに気がある令嬢たちの襲来がプレゼントだったら、どうしよう。趣味が悪すぎる。

「どういうこと、って……？」

「舞踏会でシルヴィス様の顔に泥を塗ったあなたが、どうしてその彼と婚約するの⁉」

「ああ……あのあと、お話しする機会があって、意気投合したからよ」

詰め寄られたリリアーヌは、目を泳がせながら、馴れ初め話を適当にでっちあげて話した。父が賭けに負けたからとは口が裂けても言えない。

「あんなにひどい態度を取ったのに？　シルヴィス様はずいぶん寛大なのね。そういえばシルヴィス様は、あなたのことを知っているみたいだったわね。それも関係があるのかしら？」

リリアナが探るような目つきで聞いてくる。

「そうみたい。残念ながら私はシルヴィス様のことを覚えていなかったから、あんな態度を取ってしまったのだけれど」

「覚えていないの？」

「ええ、どうやら小さい頃にお会いしているみたい……」

言いながら、ふと、小さい頃に母とどこかのお屋敷を訪ねたことを思い出した。

父はいなかったと思う。母と二人でのお出かけが楽しかったことを覚えているから。

——会っているとしたら、あそこ？

しかしそこで誰と会って何をしたかは、まるで覚えていない。

「お母様がまだ生きていた頃の話よ。お母様は、私が十歳の時に亡くなったの。シルヴィス様は私より三歳ほど年上だから、シルヴィス様が覚えていらっしゃって、私が覚えていなくても、おかしくはないでしょう？」

リリアーヌの言葉に、リリアナが思案顔になる。

「……そう。確かに計算は合うわね。シルヴィス様がキルワースに渡られたのは十二歳か、十三歳か、そのあたりのはず。それよりも前にあなたと会っていたとしたら、あり得る話ね」

リリアナが頷く。納得してくれたようだ。

「確かにあの時のシルヴィス様は、あなたに再会できたことを喜んでいる感じだった。つまりシルヴィス様にとってあなたは、初恋の君だったということなのね。もしかしてシルヴィス様は、キルワース赴任中もずっとあなたのことを想（おも）っていたのかしら」

「え、嘘でしょう？」

リリアナに指摘され、リリアーヌは思わず呟いた。

だとしたら、えらく壮大なラブロマンスである。

「あら、そのあたりのことは聞いていないの？　あなたが初恋の君であれば、シルヴィス様があなたのあの態度を許して求婚したのも、婚約までが早すぎるのも納得できるのだけれど」

リリアナにじっと見つめられても答えようがない。

ただ、「それはない」とリリアーヌは思う。

シルヴィスが結婚を急いだのには理由がある。必ず何かある。リリアーヌが本当に初恋の相手だとしても、結婚を急ぐ理由にはならないからだ。

「あなたの話が本当なら、わたくしはどのみちシルヴィス様に選ばれることはなかった、ということよね」

リリアナの声に、リリアーヌは我に返った。

「とっくにご存じだとは思うけれど、今、社交界はあなたとシルヴィス様の話題で持ちきりよ。中にはあなたのことを目の敵にしている娘もいるわ。せいぜい気を付けることね」

リリアナはそう言うと、ドアの前に突っ立ったままのリリアーヌに「邪魔よ」と声をかけて退かせ、すたすたと応接間を出て行った。

「お嬢様、お客様はお帰りになりました」

しばらくして応接間のドアが開き、ボドワンが声をかけてくる。

「そうね。私の代わりに見送りをありがとう」

「どういたしまして。……わたくしめは、いつでもお嬢様の味方ですから」

付け足されたボドワンの言葉に、リリアーヌはにっこりと笑った。

「大丈夫よ。リリアナ様は、素敵な方なの。私、あの方のことを勘違いしていたみたいだわ」


リリアナが訪問した翌日、シルヴィスが手配したメイドたちがグローセル伯爵家のタウンハウスを訪れた。全員、エルデ侯爵家のメイドで、シルヴィスからグローセル伯爵家を手伝うように言われたとのことだった。

シルヴィスは父親が手掛けていた事業をいくつも相続しており、そちらの仕事を片付けるためしばらく留守にするのだという。

「エルサと申します。どうぞよろしくお願いいたします」

メイドたちのリーダーにあたる、黒髪に灰色の瞳のエルサがにっこりと笑って、挨拶をする。年齢は、リリアーヌと同じくらいだろうか。

「こちらこそ、よろしくお願いします」

「では、ご指示をくださいませ、リリアーヌ様」

エルサの元気のよさに若干呑まれつつ、リリアーヌは頷いた。

――こっちがシルヴィス様のおっしゃる「プレゼント」よね。

この家に手を入れると言っていたことを思い出す。そうだ、きっとそうに違いない。いつもは大きな屋敷に勤めているだけあり、メイドたちの仕事ぶりは完璧で、みるみるタウンハウス内が整っていく。

「修繕が必要な箇所を確認しましょう」

メイドたちが掃除をしている傍ら、エルサに誘われてリリアーヌはタウンハウス内を見て回り、修繕箇所をリストアップする。それをもとに、翌週には修繕業者が入った。

メイドと業者双方に指示を出さなくてはならなくなったので、リリアーヌは目が回るほどの忙しさに見舞われた。

毎晩ぐったりとベッドに倒れこむ日々だ。今日もそう。へとへとになってベッドに横たわる。だから社交は昼も夜もすべて断っている。社交をこなす余裕がないからだ。

シルヴィスからの連絡はひとつもない。

——代替わりされたばかりでお忙しいと聞いているけれど、手紙のひとつもよこせないものなのかしら。

連絡手段は手紙以外にないのだから、一般的に大切に思う相手には頻繁に手紙を出すものなのだが。

——やっぱり金で手に入れた花嫁だから？　機嫌を取る必要はないものね。私から離れていけないんだもの。

愛情があるという言葉はやはり疑わしい。だが、シルヴィスからの支援はとんでもなく手厚い。

いくつものドレスやアクセサリーに始まり、何人ものメイド、タウンハウスの修繕。十日あまりでシルヴィスから受け取った支援は、すでにかなりの金額になっているはずだ。

――婚約破棄や離縁の場合、シルヴィス様にいただいた支援はすべて返さなくてはいけないことになっている。とっくに、返還できる金額ではなくなっているわ。

もとより断れない婚約ではあったが、支援を受けるほど、逃げられないように、逆らえないようにと、たくさんの鎖をつけられている気分になる。

――でも、お父様は喜んでいるのよね。

使用人が増えたことで、タウンハウスの中が明るく賑やかになった。父はその様子を見ながら「お母様が生きていた頃のようだ」と目を細めていた。

――アンとステラにもいい影響が出てきているし。

妹たちも人の目の多さに気を遣っているようで、以前の少し怠惰でワガママな雰囲気がなりを潜めている。

――表面上は、何も問題ない結婚話なのよね。

どうしても不安が拭えないのは、シルヴィスのことをほとんど知らないせいかもしれない。

教えてくれるかしら。


——エルサたちに探りを入れてみましょう。教えてくれるかしら。

よく躾けられた使用人は、主人の噂話はしないものだ。

教えてくれたらいいな、と思いながらリリアーヌはベッドの中で目を閉じた。


それからリリアーヌは何かとエルサやその同僚たちに話しかけては、シルヴィスの情報を引き出すことに努めた。

親しみやすさを前面に出したことが功を奏したのか、彼女たちなりの思惑があってなのか、エルサたちはリリアーヌの雑談によく付き合い、リリアーヌの「相談」にも乗ってくれた。「シルヴィス様って、本当はどんな方なの？」という、相談に、だ。

「シルヴィス様って、朝帰りをされたことはないの？」

シルヴィスに関する話で一番驚いたのは、これだった。

「どなたとのお付き合いも広く浅くという感じで、すぐに戻って来られていましたね」

「その……本当に？　私に気を遣っているわけではなくて？」

疑い深い眼差しのリリアーヌに、エルサは笑顔で頭を振った。

「嘘ではありませんよ。といっても、確かにシルヴィス様の生活態度を証明する手立てはありませんね。困りました」

ただ、とエルサが続ける。

「シルヴィス様が今まで何人もの令嬢とお会いしていたのは事実です。そのせいで女性関係が賑やかだと噂されていることも知っておりますが、アムリア本国と違って、キルワースでは二人きりで会うということに特段意味がある行為ではないみたいです」

あの方は長らく国を離れていましたし、軍隊生活が長いことから、礼儀作法に無頓着なところがありますから。そう続けたエルサの言葉に、思い当たる節があった。

あの舞踏会だ。シルヴィスは紹介もないのにいきなり話しかけてきた。そのあとも強引だった。

「それでは、シルヴィス様の女性関係の噂って、育ってきた文化の違いによる齟齬（そご）ということ？　でもそれなら、どうしてシルヴィス様は否定されないのかしら」

リリアーヌが首をひねると、エルサも「さあ」と首をひねった。

その話以外だと、シルヴィスが先代から仕えていた執事と対立してクビにしたこと、その執事は使用人に対して横暴だったのでみんなほっとしたこと、シルヴィスはあまり使用人に世話をしてもらうことが好きではないこと、実は猫舌であり食事は冷めるまで手を付けないこと、といった話を教えてもらった。

――猫舌なのね。

レストランで食事をした時はどうだっただろうか。確かにじーっとリリアーヌを見つめていた覚えはある。あれは、リリアーヌの動作を見ていたわけではなく、料理が冷めるのを待っていただけなのだろうか。そう思うと、シルヴィスがずいぶんかわいく感じられた。

メイドたちや業者が頑張ってくれた甲斐があって、十日も過ぎる頃には見違えるほど居心地のいい空間になった。

そして屋敷の中が一通り整った頃にやってきたのが、住み込みの家庭教師だ。もちろんシルヴィスが選んでよこしたもので、女性にしては珍しく上級の学校を出ている才媛だった。

今までリリアーヌの手があいた時に教わっていた二人は、みっちり授業を詰め込まれたことに不満があるようだったが、社交デビュー前の貴族令嬢にとってはこれが本来の姿だ。

リリアーヌ自身は家の財政が傾く前に、住み込みの家庭教師から、外国語、礼儀作法、ダンスなどを学んでいる。リリアーヌはさらに専属のバイオリン教師をつけてもらったが、二人の妹は家庭教師からピアノを習う予定だ。ピアノまで教えられる家庭教師は珍しい。

こんな才媛、めったに出会えるものではない。手を尽くして探してくれたに違いない。

「ピアノの音が狂っているようです。調律をお願いしてもよろしいでしょうか？」

家庭教師は来てすぐにピアノの音を確認し、リリアーヌに依頼していた。

「ピアノが使えませんので、今日は図書館にて課題図書を探してきます」

家庭教師が来た翌日の午後、家庭教師はさっそく授業を開始してくれた。

家庭教師が妹たちを連れてタウンハウスを出ていったあと、リリアーヌは久しぶりに居間にあるピアノのふたを開けてみた。

放置するようになってどれくらいたつだろう。いくつか鍵盤を押してみる。確かに音が狂っている。

――忙しさにかまけて、ずっと弾いていなかったものね。

弾いていないといえば、バイオリンもそうだ。

ほかのことに関しては凡庸だったリリアーヌだが、バイオリンの才能だけは抜きんでており、バイオリンを弾く母親を喜ばせた。「演奏家になれるかもしれないわね」と、母は何度も目を細めてリリアーヌを褒めてくれた。

母が死んだあと、リリアーヌには妹たちの面倒を見るという役目が回ってきたから、悲しみに暮れている暇はなかった。だが、いくらしっかりしているとはいっても、母を亡くした時のリリアーヌはまだ十歳。

バイオリンを弾くと母がそばにいてくれるような気がして、心が安らいだ。

バイオリンは亡き母とリリアーヌをつなぐ、大切な存在だ。何より、時には歌うように。時には叫ぶように。多彩な音を出せるバイオリンが好きだ。

だから母の死後も、バイオリンを習わせてもらっていた。

だが、家の経済状況の悪化にともない、バイオリンを習うことはやめた。妹たちにじゅうぶんな教育を与えてやることもできない状況で、自分だけ楽器を嗜むことに負い目を感じるようになったからだ。

あの舞踏会でシルヴィスからバイオリンの演奏をねだられた時、人前で秘密を暴かれたことにいい気持ちはしなかったけれど、久々に弾いたバイオリンは楽しかった。

本当はバイオリンのことが大好きだった。そのことを思い出した。

リリアーヌは部屋を見回した。以前に比べ、タウンハウスの中は明らかに明るくなった。きれいに整えたからばかりではない。人が増えて屋敷全体の雰囲気が明るくなった。

それに、資金繰りの不安がなくなったからか、父も落ち着いている。妹たちの変化はまだわからないが、素晴らしい家庭教師がついてくれたのだ、きっといい影響が出る。

——これだけのことを、言いなりにしたいだけの私に与えるものかしら?

グローセル伯爵家に支援したいなら、ポンと金だけ渡せば済む話だ。それだけで十分、リリアーヌを縛る鎖になる。

それに、エルサたちから聞いたシルヴィスの人物像は、リリアーヌが思っていたものとは違っていた。

自分勝手で、価値観も全然違って、自分とは絶対に気が合わない。そう、思っていた。

——私、シルヴィス様のことを派手に勘違いしていたのかもしれないわ。

加えて、ドレスを仕立てた時に呟いたあの言葉。

――もしかして、本当なのかしら。私が初恋の君、というの。

リリアナの指摘を思い浮かべた途端、心臓がドキドキし始める。もしそうならどうしよう。

『シルヴィス様は、キルワース赴任中もずっとあなたのことを想っていたのかしら』

いつかのリリアナの言葉が、もしも本当なら。

――もしも本当なら……。

少なくとも十年以上、リリアーヌのことを想っていたことになる。

確かに舞踏会では『もう一度会えるとは思わなかった』と言っていた。

――もしかして、本当に……？

それならあの時の突飛な行動も、その後、父に賭けを持ち掛けて断れない形でリリアーヌと婚約してきたのも、納得がいく。婚約に関するシルヴィスの行動は、「この国の礼儀作法に疎い」で済む話ではないと思っていたのだ。

だから頑なに「言いなりにできる娘を妻にしたかったのでは」と思っていた。

けれど、違うかもしれない。

――それならどうしてこの二週間、一度も手紙をくれないのかしら。

手紙を出せないくらい忙しいのだろうか？　それとも筆不精なだけ？

――そもそも私、シルヴィス様が戻ってきた時にどんな顔をすればいいのかしら。

ここまで手厚く支援してもらっておいて、最初のようなつんけんした態度はあまりに失礼である。かといっていきなりニコニコするのも、極端すぎる……。

「お嬢様、シルヴィス様がいらっしゃっております」

「ひゃあっ」

ピアノの椅子に腰掛けてシルヴィスのことを考えていたところに、ボドワンの声が聞こえ、リリアーヌは変な声を出してしまった。

振り返ると居間のドアを開け、ボドワンが覗いている。

「申し訳ございません。ノックをしたのですがお返事がなかったもので」

「え、ええ、ごめんなさい。考え事をしていたから。シルヴィス様がいらっしゃってるの？」

リリアーヌは立ち上がると、急いで玄関に向かった。リリアーヌの動きに気付いてボドワンが道をあける。そこに不意に人影が現れた。

人は急には止まれない。

シルヴィスの胸元めがけて勢いよく飛び込む形になってしまった。

「これは情熱的な出迎えだな」

よろけることなくリリアーヌを受け止め、シルヴィスが笑みの滲（にじ）んだ声で言う。

「……っ、これは！　誤解です！」

恥ずかしさのあまりリリアーヌは顔を真っ赤にしながら、急いで体を離そうとした。だが、受け止めた反動でがっちりシルヴィスに腕を回されていて、できなかった。

二人に気を利かせたのか、ボドワンが下がる。

「そうか、残念だな。私からのプレゼントを気に入って感激してくれたのかと思ったのに」

「……っ」

抱きしめられ、至近距離で艶のある低い声で囁かれた瞬間、ゾクゾクと背筋から頭の後ろにかけて何かが駆け抜けた。

――い、今のは何？

今まで感じたことがない衝撃に、動揺が隠せない。

「き……気に入りましたわ。タウンハウスがそれは見違えるようにきれいになりました。それに、妹たちにも素敵な家庭教師をつけてくださって。感謝しております」

なんの衝撃かわからないが、とにかくシルヴィスから離れなければ。そう思い、リリアーヌは身じろぎしながら早口で礼を述べた。

「それはよかった。メイドや家庭教師は社交シーズンが終わったあと、領地に連れていってもらってもかまわない」

「あ……ありがとうございます」

「あの家庭教師はとても優秀だ、あなたのおてんばな妹たちを素晴らしい淑女に育て上げてくれるだろう」

シルヴィスが笑いを嚙み殺しながら言う。きっとアンとステラのおてんばぶりを思い出しているのだろう。けれどその声音は意外なくらい優しい。

再びリリアーヌの背筋をゾクゾクが駆け抜ける。先ほどよりもずっと強い。これは何なの？　こんな感覚、今までに感じたことがない。なんだか怖い。

「そ、そろそろ離してくださいませ」

リリアーヌは上ずった声でシルヴィスに告げた。

これはきっと、男の人に抱きしめられているせい。父以外の男性にこうして抱きしめられたことなんてないから。

「いやだ。嫌われていると思っていた婚約者に抱き着かれたんだから、もう少し余韻にひたらせてほしい」

シルヴィスがぐっと力を込めてリリアーヌを抱きしめる。やはりそうなのだろうか。リリアーヌはシルヴィスの「初恋の君」なのだろうか。そう思った途端、甘い疼きが胸いっぱいに広がり、なぜか息が苦しくなった。

――私、どうしてしまったの⁉

シルヴィスの腕の力は、リリアーヌを推し潰すほどのものではない。呼吸はできる。でも苦しい。どういうこと？　それに、嫌われていると思っていたとは？

――シルヴィス様は、本当に、私のことを……？

「耳が真っ赤だな」

シルヴィスの指摘に再び体をくねらせて抵抗すると、今度はあっさり解放してくれた。急いでシルヴィスから距離をとり、大きく息を吐く。顔が熱い。鏡を見るまでもなく真っ赤な顔になっているとわかる。恥ずかしい。

「さて、きれいになったというタウンハウスの中を見せてくれないか？　まあ、前の様子は知らないが」

リリアーヌの動揺を知ってか知らずか、シルヴィスはそう言うと踵を返して歩き出してしまった。急いであとを追いかける。

父がいる書斎と、使用人たちがいる厨房は避けて一通り一階を案内する。

最後に案内したのは応接間だ。シルヴィスの肩にホコリが降ってきたのはわずか半月ほど前のこと。半月前、リリアーヌはここでシルヴィスから結婚の話を切り出され、怒り心頭だった。

それなのに今、リリアーヌは部屋を見回すシルヴィスの背中を、ドキドキしながら見つめている。怒りはどこにもない。まさか半月でここまで心境が変わるなんて思わなかった。

「確かにきれいになったな」

天井を見ていたシルヴィスが、リリアーヌに視線を戻す。

「すべてシルヴィス様のおかげです。本当に感謝しています」

「私のプレゼントは気に入ってくれたようだな」

「はい。とても」

素直に答えたリリアーヌに、シルヴィスが驚いたようにわずかに目を見開いた。

「女性を口説くにはプレゼントが一番だとは聞いていたが、これほど効果があるとは。こんなことなら、舞踏会の翌日に花束持参で結婚を申し込みに来た方がよかったかな」

「……どうでしょう。わかりません。何か裏があると思って突っぱねたかも……」

「だから賭けを使ったんだ。我ながら卑怯だとは思ったが、断られたくなかったからな」

シルヴィスの言葉に、今度はリリアーヌが目を瞠る。

そんなリリアーヌに気付いて、シルヴィスが向き直る。

「私が十歳の夏だ。別荘に母の友人が子連れで訪ねてきたことがある。それがリリだ。楽しそうに夏の庭を駆け回っていたよ。……バイオリンを聴かせてもらう約束をしたんだ。あなたは覚えていないようだが」

「どなたかのお屋敷にご招待されたのは覚えているのですが……」

「しかたがない。ほんの数日しかいなかったし、最後にはお互い風邪をひいて、高熱で寝込んでしまったたし。私は引っ込み思案で、あなたから逃げ回っていたしね」

「引っ込み思案？　信じられない」

驚いて、思わず呟いたリリアーヌに、シルヴィスが小さく笑う。

「子ども時代はいろいろあって、一人でいることが多かった。だからリリとどう仲良くなればいいのかわからなかった。リリのほうから話しかけてくれたんだ」

シルヴィスが遠い昔を懐かしむように、言葉を紡ぐ。

——物怖（ものお）じしない子どもだったらしいものね、私。

ありそうなことだ。まったく覚えていないけれど。

「リリのことはずっと頭にあった。でも、どこの誰かわからないままだった。帰国して社交の場に顔を出すうちに、愛称がリリになりそうな令嬢がいることを知った。一人がリリアナ嬢で、もう一人があなただ」

「……」

「リリアナ嬢と会ってみて、私の探しているリリではないことがわかった。あれこれツテをたどって、もう一人を探し出せたのが、あの舞踏会だ。あなたの情報を手に入れるために何人もの令嬢と会ったことで、私にもよからぬ評判が出てしまったが」

シルヴィスがたくさんの令嬢たちと会っていたのは、リリアーヌのことを探していたからなのか。

リリアーヌの勘違いがまたひとつ、明らかになった。

「私の噂のことは、気にならなかったのですか」

「ちっとも。年齢的に、あなたは結婚していてもおかしくなかった。でも結婚していなかった。舞い上がりすぎて、初手を間違えてしまった。あなたをあのように大勢の前でさらし者にするつもりはなかったのだが……」

「あれは、私も悪かったのです」

シルヴィスは庭園でもいいと言ってくれたが、リリアナの挑発に乗って人前で弾くことを選んだのは自分だ。

「でもいきなりバイオリンの話を持ち出されて、驚きました」

「私の知っているリリかどうか、確認したかったんだ。聴かせてもらう約束をしていたから。……で、あとは知っての通り」

シルヴィスが肩をすくめる。

「リリアーヌがリリに間違いないというのはわかったが、正面から申し込んでも断られた。嫌われるようなことをしたから仕方がないが、これでは正式に申し込んでも断られる可能性が高い。じゃあどうするか、と考えていたところで、偶然、賭博場であなたのお父上に会った」

「偶然なのですか」

「本当に偶然だ。話しかけてみたら、酒が入っていたせいだろうな、グローセル伯爵家の内情をいろいろと教えてくれた」

「お恥ずかしい限りです」

リリアーヌは額を押さえた。あの日、どうしても勝たなくてはならない父が怯みそうになる心を酒でごまかしたのだろうことは、手に取るようにわかる。

もともとそんなに心が強いほうではないから、緊張しているところに親しげに話しかけられて、ぺらぺらと内情を話してしまったのだろうことも想像できる。

「傾いた家のために、あなたが裕福な男性を探していると知った」

シルヴィスの黒い瞳がじっとリリアーヌを見つめる。

「それなら、私でもかまわないだろうと」

シルヴィスがリリアーヌの頬に手を伸ばし、そっと撫でる。大きくてごつごつした手の感触に、少し落ち着いてきていた心臓が再びドキドキし始める。

「どうしたらリリアーヌが断れない状況になるのか考えたら、ああなった」

賭けのことだろう。

「リリアーヌはずっと、心の支えだった。もう一度会いたかった。次は私から話しかけようと決めていた。初めて会った時から、私は、あなたに恋をしていた」

シルヴィスが囁くように告げる。リリアーヌは驚きのあまりこれ以上ないというほど目を見開いた。

「勝ててよかった。本当に、よかった」

シルヴィスが噛みしめるように呟く。

こんなことを言われて心が動かないわけがない。

心臓が破裂しそうなほど早鐘を打つ。顔も耳も熱い。せっかく落ち着いていた顔色がまた真っ赤になっているに違いない。

華やかな噂ばかり聞くシルヴィスに、苦手意識を持っていた。でもそれは、勝手な思い込みだったとわかってきた。

今、リリアーヌが知っている姿も、ごく一部に過ぎないだろう。リリアーヌが知らない姿はまだまだあるはずだ。

この人のことをもっと知りたいと思った。

あの舞踏会でいきなりバイオリンを弾けと言われた時は、まさか自分がこんな気持ちになるなんて思いもしなかった。

シルヴィスに何か言わなければ。でも何も思い浮かばない。

そうこうしているうちに、シルヴィスが頬をなぞっていた指を滑らせて、そっとリリアーヌのおとがいを持ち上げる。なんだろうと思った時には唇が重ねられていた。

それはただ唇が重なっただけの口付けだったが、リリアーヌの体を甘やかな衝撃が突き抜けていった。

口付けをされている。それも男の人に。シルヴィスに。

今まで参加した舞踏会で、そっと庭園やテラスに出ては口付けを交わす人たちを、幾度となく見てきた。ずっと口付けというものに、というよりも、誰かに好かれて口付けを求められることに、憧れがあった。それが自分の身に起きているなんて。

「あなたのことだから、もっと嫌がるかと思ったんだが」

唇を離し、至近距離からシルヴィスが囁く。リリアーヌは思わずぷるぷると頭を振った。その様子を見てシルヴィスが安心したように微笑む。吐息が鼻先にかかる。距離の近さに、心臓の音が聞こえてしまうのではないかと心配になるほど。

「あなたを大切にすると誓おう、リリアーヌ。改めてあなたに結婚を申し込む。どうか私の妻となり、最期の時までともにいてほしい」

シルヴィスがリリアーヌの左手を取り、その指先に口付ける。

シルヴィスから正式に求婚された。

都合だけで求められているのだと思っていた。でも違う。これは気持ちのこもった求婚だ。

思い合う相手との結婚に憧れていた。一方で、そんな憧れを持ってはいけないと自分に言い聞かせていた。リリアーヌが結婚に求めているものは裕福さだからだ。

気持ちも条件も満たせる結婚なんて無理だろうと、諦めていた。

涙が込み上げ、頰を伝う。

「……っ、どうせなら、もう少し素敵な場所で求婚していただきたかったですわ。タウンハウスの応接間なんて、お友達に自慢しにくいもの」

リリアーヌはわざとシルヴィスの上着に顔を押し付けて涙を拭ってから、顔を上げた。

「そうか。ではそのうちあなたの要求に応じよう。……返事は？」

「もちろん、お受けします」

リリアーヌが言うなり、シルヴィスが再び唇を重ねてきた。シルヴィスの喜びが伝わってくる。この人は本当に自分のことを想ってくれているのだ。それが伝わる口付けだった。その口付けが情熱的なものに変わっていくことに、そう時間はかからなかった。

何度か角度を変えて唇を啄んだあと、不意に舌先でリリアーヌの唇をこじ開けて口の中にその舌先を差し込む。驚く間もなく、シルヴィスの舌がリリアーヌの舌を捕らえた。

舌同士をこすりあわせたかと思うと、舌先を絡めて吸い上げられる。

口付け自体が初めてなのだから、舌先を入れられることも初めてだ。どう反応したらいいのかわからず混乱していたリリアーヌだが、やがてシルヴィスが加減を覚えてリリアーヌの舌先を優しく追い回すようになってから、風向きが変わってきた。

シルヴィスの動きに合わせて体中にゾクゾクとした、くすぐったいような、そうではないような感覚が広がるようになったのだ。

先ほどシルヴィスに耳元で囁かれた時にも感じた。

心の中に喜びが広がっていく。それをもっと感じたくて、気が付けばリリアーヌも頭を傾けてシルヴィスに身をゆだねていた。こうすれば、シルヴィスをより深く受け入れられる。

「……名残惜しいが、これくらいにしておかないと収拾がつかなくなるからな」

どれほどの間、口付けを交わしていただろう。ようやくシルヴィスが唇を離して、リリアーヌの耳元で意味深に囁く。シルヴィスを見上げると、彼が艶っぽく微笑んだ。

「もしかして意味がわからないか？」

言いながら、シルヴィスの腕がリリアーヌの背中をぎゅっと抱きしめた。下半身が密着し、何か硬いものが下腹部に当たる。

「いっ、いえ……わかります……」

リリアーヌは真っ赤になって首を振った。年頃の娘である、興味がないわけではないし、友達を通じていくらかの知識も持っている。

「このタウンハウスもだいぶ整ってきた。もうあなたがいなくてもうまく回るだろう。来週には……いや、再来週には迎えを出す。私のタウンハウスにおいで」

「えっ……再来週？　シルヴィス様のタウンハウスに、って……私だけ引っ越すのですか？」

「あなたがいたらこの家の人間はあなたに頼り切りになる。それに」

その時、不意に賑やかな声が開け放した窓の外から聞こえてきた。甲高い声はアンだろうか。図書館に行っていた三人が戻ってきたらしい。

「あなたがこの家にいたら、口付けするのも人目を気にしなくてはいけない。あなたの妹たちに興味津々で覗かれたくはないからな」

シルヴィスの言葉にリリアーヌは思わず笑い出した。

「お姫様たちをお出迎えしたあと、グローセル伯にあなたを連れ出す許可をいただこう。あなたのお父上の攻略方法を教えてくれるとありがたい」

そう言ってシルヴィスが体を離す。リリアーヌはそんなシルヴィスの腕に、自分の腕を絡めた。

＊＊＊

口付けの名残で頬をバラ色に染めたまま寄り添ってくるリリアーヌを見つめ、シルヴィスは内心で安堵のため息をもらした。

リリ、という愛称を持ちそうな令嬢が結婚相手を探していると知ったのは、本当に偶然だった。

まさか、という気持ちで探しあてたリリアーヌが、あのリリだとわかった時の衝撃はすさまじかった。

我を忘れて話しかけ、リリアーヌに警戒されてしまうくらいには、どうかしていた。

こんなことをしたらリリアーヌに嫌われるだけだ。わかっていても逃がしたくなくて、舞踏会のあと、シルヴィスはすぐさまリリアーヌのことを調べ上げた。

リリアーヌには「偶然だった」と説明したが、あの日、リリアーヌの父親が賭博場に行くという情報は事前につかんでいたのだ。舞踏会でそういう話をしていたと人から聞いた。

もちろん、賭けも偶然に勝ったわけではない。リリアーヌの父親に話しかける前に、ディーラーを買収しておいたのである。

出会いからして悪い印象を与えていたのに、強硬手段に出たことで、さらに彼女への印象が悪くなってしまった。最悪だ。このままでは嫌われたままになってしまう。

それは嫌だったので、古典的だが、リリアーヌが一番欲しがっているものをプレゼントすることで、彼女の気持ちを和らげる作戦に出た。

リリアーヌが一番欲しいものといえば、実家への継続的な支援だろう。

それがほしくて結婚相手を探していたほどだ。

金だけ渡してもありがたがられるだろうが、恩着せがましいくらいにしたほうが、彼女には効果的だと思った。だから借金の返済を引き受け、タウンハウスを修繕し、大急ぎで妹たちのために有能な家庭教師も手配した。あくどい父のおかげで資金だけは豊富にあって、本当に助かる。

それに加えて、自分に好意的なメイドを送り込んでリリアーヌにいい印象を与えるような話をしてもらう。呼び出してこの話をした時、察しのいいエルサはにっこり頷いていた。

長らく主人がいないのをいいことに、使用人たちを私物化していた前の執事をクビにしたことで、使用人たちはみんなシルヴィスの味方だ。

そして仕事を理由に二週間ほど音信不通にした。実際、父が出資していた湾岸地域への開発事業の状況を確認するため、王都を離れていた。

リリアーヌはこの二週間、「どうしてシルヴィスがここまでしてくれるのだろう」と考えたことだろう。エルサたちがうまく自分の話をしてくれていれば、さらに効果は上がるはずだ。

そして二週間後。

目論見（もくろみ）通り、リリアーヌの態度は一気に軟化していた。

——だがこれで、リリアーヌを巻き込むことになってしまったな。

家を潰すという、父親への復讐劇に。

——もし、リリアーヌが俺にこのまま『エルデ侯爵』でいてほしいと願ったら、俺はどうする……？

リリアーヌがそう願うのは間違いない。

脳裏に、母の名が刻まれた共同墓地が、シルヴィスに届くことがなかったたくさんの手紙の束が、泣き崩れたあの日の自分が、浮かんでは消えていった。

長年刻み込まれた父への憎しみは、そう簡単に消せるものではない。

シルヴィスがキルワースからアムリア王国に帰国したのは、今から半年ほど前の冬のさなかのことだった。

自分が父の相続人になっていることは知っていたが、法的に拘束力がある遺言書で自分の将来ががんじがらめにされているとは知らなかった。

死んだ後ですら自分のことを道具として使おうとしている父に怒りを覚え、なんとしても家を潰してやると息巻いて何人もの弁護士を当たった。しかし、誰に相談しても「家は潰せない」と言う。

ただ、自ら相続人を指定し、家督を譲ればエルデ侯爵という立場からは逃れられる。

だが財産の中には「横領」という負の財産もある。これを第三者に知られると、シルヴィス自身が破滅しかねない。

死んでもなお迷惑をかけ続ける父親に、心底うんざりする。

――金は諦めるとしても、なんとか相続放棄できないものか。

否応なしにエルデ侯爵家を継がされた直後、シルヴィスはどこかに法律の穴でも見つからないかと足しげく図書館に通っては、片っ端から法律の本を開いていた。

何者かに尾行されていると気付いたのは、軍隊生活のおかげだろう。

誰がなんのために？　そんなことがわかるわけもない。

放置しておいてもよかったが、いい気分ではない。それに標的に気付かれるような下手くそな尾行をつけるなんて、なめているのだろうか。どうせ指示した人間は小物だろう。

ある日、腹が立って尾行を待ち伏せし、図書館の片隅で締め上げてやった。

「そこまでにしてくれるか。大事な部下なんだ」

頑なに依頼主を吐かない尾行に苛立っていたところに、涼やかな声が響いた。目を上げると、外出着に身を包んだ美しい令嬢が一人。薄暗い廊下の片隅にもかかわらず、彼女の金色の目は遠くからでもよくわかった。

「おまえが依頼主か。なんのつもりでこんなことを」

「君がどんな人物なのか知りたかったからだよ」

つかまえていた尾行から手を離し、令嬢を睨みつける。令嬢は不敵に微笑みながら近づいてきて、座り込んだままの尾行の前に膝をつくとハンカチを差し出した。揉み合った時にシルヴィスの肘が鼻に当ったせいで、尾行していた男の顔は鼻血で濡れていた。

「それで、何がわかった？」

「君がものすごく困っていることが、よくわかった」

「へえ。それで？」

「僕と手を組もうじゃないか、シルヴィス・グレイ・エルデ卿」

令嬢が立ち上がり、シルヴィスをまっすぐ見据える。豪奢な金色の髪の毛に目鼻立ちのくっきりした顔。きれいに化粧をしている。ちゃんと貴族の令嬢に見えるが、

――僕？

令嬢にしては妙な一人称だ。それに、ずいぶん凛々しい口調である。

「自己紹介が遅れたね。僕はヴィクトール・エリン・アムリア。この国の王太子だ」

凛々しい口調のまま、令嬢が名乗る。

呆れて思わず半眼になってしまった。

「……悪いが、俺には演劇の経験もなければ興味もない。役者へのスカウトなら断る」

「僕は役者でもなければ、君を役者としてスカウトしているわけでもない。女装趣味があってこんな格好をしているわけでもないよ。これは、監視の目を欺くための変装だ」

「……おまえが王太子だという証拠は」

「目の色かな。金色の目は王族にしか現れない。……ということを、ずっと異国にいた君は教えてもらっていないのかな？　だとしたら、僕は自分が王太子であることを証明できないね」

ゆっくりと王太子を名乗る令嬢（？）が近づいてきて、シルヴィスを見上げる。身長はシルヴィスよりは低いが、女性にしては高い。

遠目にも金色に光って見えた目は、間近で見てもやはり金色だった。

アムリア王家の血を継ぐ者が金色の目をしていることは、シルヴィスでも知っている。王冠に近いほど目の色は金色に輝き、遠くなるほどその輝きは薄れるということも。

目の前の人物の目は、まぎれもない金色。

「……本物か？」

ひとりごとのように呟いたシルヴィスに「そうだよ」とヴィクトールは頷いた。

「取り引きをしようじゃないか、エルデ卿。君にとっても悪い話ではない」

「取り引き？」

「帰国してからの君の動向を探っていた。弁護士にも相談していたよね。身分から自由になりたいし、この国からも出て行きたいって」

「……弁護士には守秘義務があるはずだ」

「彼らも自分の身がかわいい」

ヴィクトールが意味深に微笑む。要するになんらかの圧力をかけたのだろう。

何が目的だ？　気味が悪い。シルヴィスは警戒心を強めた。

「そのためにはいろいろと問題がある。君はそれが解決できなくて困っている」

「ああ」

「僕が国王の座に就いたら君を自由にしてやろう。最高権力者にできないことはない。エルデ侯爵家の莫大（ばくだい）な財産もすべて君の自由だ。その代わり、僕が国王になれるよう協力してほしい」

「国王はまだ生きている。俺に反逆者になれというのか」

　シルヴィスはヴィクトールを睨んだ。

「実際に行動するのは僕だ。君は、ただの協力者に過ぎない」

「帰国したばかりで、特に味方がいない俺に声をかけるくらいだ。おま……いや、ヴィクトール殿下には使える駒が少ないのでしょう？　お断りします。俺だって命は惜しい」

　立ち去りかけたシルヴィスの袖を、ヴィクトールが引っ張る。振り向いた先にあった目は、真剣そのものだった。

「ヴィクトールでいいよ。僕も君をシルヴィスと呼ぼう。現在の僕はお飾りの王太子で、なんの力もないからね。君とは同い年なんだ、気安く接してくれてかまわない」

「……」

「君の言う通り、僕には使える駒は少ない。使えそうな駒はひとつでも多くほしい。かといって君を反逆者にして切り捨てるつもりもない。それでは僕の嫌う義母上（ははうえ）と同じになってしまう。僕は、そんな人間にはなりたくないんだよね」

僕の嫌う義母上、という言葉にシルヴィスは動きを止めた。父を嫌う自分と重なるものを感じてしまったからだ。

「話を聞く気になったかい？　君にとって悪い話ではないと思うよ」

シルヴィスの変化に気付いたヴィクトールが、妖艶に笑う。

話の続きは人に聞かれたくないということで、ヴィクトールとシルヴィスは図書館の談話室を利用することにした。

広い部屋にテーブルと椅子がいくつか。そのうちのひとつに向かい合って座る。尾行してきた男は見張りとして、ドアの外に置いてきた。

「君はこの国の中枢がどうなっているか知っているか？」

「……国王陛下の体調が悪く、宮廷顧問が仕切っていると聞いている」

「その通り。ただ父上は病気ではなく、薬漬けで何も考えられなくなっているけどね。父上の代わりに出しゃばってきたのが、宮廷顧問のミハイル・クレッツェン伯爵と、父上の寵姫（ちょうき）、クレッツェン伯爵夫人ティアナだ」

知っているかと聞かれ、シルヴィスは頷いた。

ミハイルとティアナは夫婦ではなく、実の兄妹だ。先代のクレッツェン伯爵の養子となったのがミハイル、伯爵の後妻となったのがティアナ。

ヴィクトールは国王と外国から嫁いできた王妃との間に生まれた、正統な世継ぎだ。だが、産後、体調を崩しがちになった王妃に代わり、王妃の侍女だったティアナが国王のお気に入りとなった。

それがきっかけで王妃が心を病んで引きこもってしまったというのは、有名な話だ。国王の寵愛をいいことに、ティアナは兄を宮廷顧問に抜擢。今となってはティアナ、そしてミハイルの縁者でなければ出世できない始末である。

もちろん、国王を諫める声はあった。ミハイル、ティアナを排除しようとする動きもあった。だが、反対意見を述べた人間をことごとく国王が排除したため、誰も国王に意見できなくなってしまったのである。それは当然、王太子ヴィクトールであっても同じ。

本国から遠いキルワースにも、王宮の情報は伝わる。そのたびに愛国心が強い父は、国王の不甲斐なさを嘆いていた。

父によると王太子のヴィクトールは内向的で消極的な性格をしており、趣味に没頭していれば幸せなタイプということだった。父にはこれも不満の種であり、「軍隊に入れて性根を叩き直すべき」などとよく吠えていたものだ。

だが、目の前にいるヴィクトールが「内向的で消極的な性格」をしているようには見えない。

——気弱な人間を演じていたのか。

なんのために。自分を守るために、だろう。侮れない人物のような気がする。

「母上は健康が取り柄だからというので、この国に嫁ぐことが決まったくらいなんだ。ティアナに薬を盛られていたに違いない。だが、証明する手立てがない」

「……」

「もちろんティアナは父上にも薬を使った。今ではものも考えられない、ありもしない幻に怯える日々さ。そんな父上を毎日ティアナが面倒を見てはなだめているらしい」

「薬？　毒物じゃないのか、それは」

「まあ、毒物かもしれないいな。パラディス……麻薬だよ」

ヴィクトールがため息交じりに答える。

「なぜパラディスだと？　あれは輸入も所持も禁止されているだろう」

楽園の名を持つその植物は、ここよりずっと南の温かい地域でしか育たない。アムリア王国では輸入も所持も使用もすべて禁止されているものだ。

軍隊でも禁止されている薬物なので、シルヴィスも知っている。

「そうだよ。最初にこの国で蔓延した時から五十年間、ずっと禁止されていた。でもここ数年、急速に広まっている。庶民も貴族も関係ない。……はっきりいって、異常事態だ。誰かがわざと広めているとしか思えない」

ヴィクトールが忌ま忌ましげに呟く。

すごくいやな予感がする。

「……で、俺に何をさせたいんだ？」

「ティアナの薬物入手ルートを暴きたい。証拠さえあれば、あいつらを断罪できる。そのための情報収集を頼みたい」

「俺は引き受けるなんて、一言も言っていない」

「そうか。だったら君は横領で告発されることになる。法定相続人は故人の何もかもを相続するなんて決まり、誰が作ったんだろうね。知らなかった、は通用しない」

「ちょっと待て！」

話を切って立ち上がろうとするヴィクトールを、シルヴィスは慌てて押しとどめた。

「どうしてその話を知っている！」

「どうもこうも、わりと有名な話だよ。亡きエルデ卿は派手にやりすぎた。彼の実績に免じて、お目こぼしされていただけさ」

いやな予感は的中だ。ヴィクトールはシルヴィスに「断る」という選択肢を与えるつもりがない。もっと慎重に接すればよかったと思ったが、時すでに遅しだ。

「兄のミハイルではなく妹のティアナを選んだのは、ティアナが自分のお友達にもパラディスを渡した形跡があるからだ。お友達に配っているのなら、ティアナにはパラディス絡みの噂があるはず。そういう噂を集めてほしい。簡単だろう？」

「本気で言ってるのか？」

シルヴィスの返しに、ヴィクトールはムッとした顔をした。

「本気で言っている。父上の容態は日に日に悪くなっている。社交界のど真ん中で諜報活動できるのは、君だけだからね」

従わなければおまえを有罪にする。金額が金額だから相当重い罪になるだろう。

そんなことを言われて従わないなんて、できるはずがない。

本人がなんと言おうと、相手はこの国の権力者の一人だ。分が悪いに決まっている。

そして今年の春、シルヴィスは亡き父の後を継いだ若き侯爵として、アムリア王国の社交界に現れた。

自分が思うよりも「エルデ侯爵」の価値が高くて助かった。

こちらから声をかけなくても、令嬢たちがどんどん自分に声をかけてくれる。

——俺自身は鬱陶しくて、捨ててしまいたいと思っているのにな。

自分に群がる令嬢たちを冷めた目で見ながらそんなことを考えつつ、自分にアプローチしてきた令嬢と片っ端から会っては、とにかく彼女たちの話に耳を傾けた。

彼女たちに心を開いてもらおうと愛想よくしていたために「女性関係が派手」と言われ始めたのは心外だったが、この国に残ることはないのだから別にいいかと割り切った。

実際は、そこまで女性に関心が高いわけではない。

令嬢たちの話のほとんどはどうでもいい噂話や日頃の不満で、ティアナに関しては思ったほど情報は集まらなかった。むしろその途中で手に入った「リリ」の情報の方が収穫といえた。

ティアナは独身者の集まりではなく、既婚者が集まる場によく姿を現すらしい。

――そういうことなら、既婚者の集まりのほうが情報を集めやすいな。

しかし、独身の身で既婚者の集まりの場に顔を出すのは難しい。

根気よくおしゃべりに付き合った結果、ティアナが無類の音楽好きということと、貧困女性への援助に熱心であるということはわかった。特に女性への援助は頼まれればすぐに応じるため、一部からは聖女とも称（たた）えられているらしい。

――貧困層への援助は人気取りか、それともやましいことを隠す目くらましか。

この国の事情に深入りするつもりなどなかったが、ヴィクトールと関われば当然のようにこの国の現状が見えてくる。

国王はすでに寝たきりに近く、ティアナが病床の国王の言葉を顧問である兄に伝えているという。そして次期国王である王太子ヴィクトールは国王の侍従より、離宮から王宮に戻るよう促されているとのこと。

クレッツェン兄妹が権力を手放すはずがないから、王宮に戻れば父親と同じ目に遭わされる可能性は高い。ヴィクトールが焦るのも当然だ。

そして、本格的な社交シーズンに入って二か月が過ぎた、六月上旬。シルヴィスは運命的な再会を果たす。リリアーヌだ。

リリアーヌを手に入れるにあたって問題になるのは、ヴィクトールとの取り引きだ。事が事であるだけに、第三者を巻き込むのは嫌がるはず。だがヴィクトールの事情が片付くまで待っていたら、リリアーヌは誰かと結婚してしまうかもしれない。

「婚約したいだと？」

案の定、ヴィクトールは嫌そうな顔で聞き返してきた。

リリアーヌを見つけた翌々日、シルヴィスに張り付いたままの尾行を通じてヴィクトールに連絡を入れると、その日のうちにヴィクトールから図書館の談話室に呼び出された。貴族の令嬢でも図書館は利用する。女装したヴィクトールがいてもおかしくない場所ではあるが、女装姿が派手な美女なので、ものすごく目立つ。

一応は変装のつもりらしいが、いいのだろうか。

「ティアナの取り巻きは既婚者が多い。独り身の俺では近づきにくい」

「それは一理あるね。それで、君が婚約したい娘とは、どんな人物なんだ？」

凛々しい口調と美しい見た目が一致しないので、女装姿のヴィクトールと話していると頭がおかしくなりそうだ。

「地方貴族の娘で、バイオリンの名手だ。ティアナは音楽好きで知られているだろう？彼女の腕前なら、ティアナの気が引けるはずだ。うまくいけばお気に入りになれるかもしれないし。それに……没落寸前だから、金を渡せば、こちらの言いなりにできる」

「ふうん……。つまり金のない娘を婚約者役に仕立てるということか。もちろん、僕の事情のことは彼女には秘密なんだろうね？」

「当然だろう」

言いきったシルヴィスに、ヴィクトールがため息をつく。

「既婚者の集まりに近づく口実としては最適だと思うけど、僕としてはあまり感心しないね。その娘の人生を狂わせることになるんじゃないのか？　君は身分を捨てるつもりだろう？」

痛い部分を突かれ、返事に窮す。その様子にヴィクトールが再びため息をついた。

「まあ、そのあたりは君に任せるよ。ただし、あまり時間がないことだけは覚えておいてくれ。父上の容態は思わしくない。離宮だからこうして外に出ることもできるし、君とも接触できる。でも王宮に移ったら無理だ」

「わかっている。俺だって自分の身がかわいい」

シルヴィスはヴィクトールの言葉を遮り、そう言い放った。

リリアーヌの件は自分の欲望優先で、リリアーヌの都合も、ヴィクトールの事情も無視していることを自覚しているだけに、そのあたりのことをヴィクトールに追及されたくなかった。

＊＊＊

「お父様からお許しが出てよかったですね、シルヴィス様」

リリアーヌの父親から「花嫁修業のため」という理由でリリアーヌを連れ出す許可を取り、嬉しそうに笑うリリアーヌを、シルヴィスは複雑な気持ちで見つめていた。

自分の気持ちは本当。でもリリアーヌにはいろいろと秘密にしたままだ。その上、面倒事に巻き込んでしまった。

リリアーヌを守るためにも、自分がしっかりしなければ。

第三章

シルヴィスと電撃的に婚約をして一か月、季節は初夏からそろそろ真夏と呼べる時期に差し掛かっていた。

この一か月はタウンハウスの修繕にかかりきりで、本当に忙しかった。でもそんな日々も終わりだ。

リリアーヌは身の回りのものだけを持って、エルデ侯爵家に引っ越しをした。ほかのものはシルヴィスが揃えてくれるという。

旅立ちの日に選んだのは、シルヴィスが買ってくれたあのデイドレスだ。

家を出る日、玄関先で父や妹たち、使用人たちが見送ってくれた時にはちょっとしんみりしてしまったが、シルヴィスの手を取って馬車に乗り込み、その馬車の中でシルヴィスの整った顔を見つめると、そんな気持ちも吹き飛んだ。

シルヴィスにちゃんと求婚されてから、リリアーヌの日々は変わった。

なぜかわからないが、世界が急に明るく、素晴らしいものに思えるようになったのだ。

妹たちには「お姉様がいつも上機嫌なんて信じられない。真夏なのに雪が降るかも」と不気味がられる始末だ。大変失礼である。

シルヴィスとの結婚が決まってから心が弾むのも当然だ。

まず、お金の心配をしなくてよくなった。これは大きい。

そしてシルヴィスと結婚できる。これも大きい。

お金のためにしかたなく嫁ぐわけではないのだ。リリアーヌを初恋の人と公言し、リリアーヌを大切にしてくれる人のもとに嫁ぐのだ。

最近はシルヴィスのことを考えるだけでそわそわして、心が落ち着かない。

シルヴィスは何かと用事が多くて、なかなか会えなかった。離れている時間がじれったくてたまらない。

だからシルヴィスのもとへ行ける日を指折り数えて待っていた。

「バイオリンだけは離さないんだな」

荷物を詰めたトランクは従者が馬車に積み込んでくれたが、バイオリンだけはリリアーヌが持ち歩いている。ケースを抱きしめるようにして座ったリリアーヌに、

「お母様の形見ですし、繊細な楽器ですから。人に預けるのはちょっと」

リリアーヌの答えに、シルヴィスがふっと笑った。

その優しい笑顔にきゅんとなる。この人はこんなふうに笑うこともできるのだ。最初か

らこの笑顔なら、あんなにつんけんした態度をとらなかったのにと思う。派手に勘違いしたのはリリアーヌの方だから、悪いのはリリアーヌだが。

「なんだかんだで、一度しか聴かせてもらっていない。今度はゆっくり聴かせてほしいものだ」

「もちろん。シルヴィス様がご希望の時にいつでも弾きます」

リリアーヌの答えにシルヴィスが「楽しみにしている」と答える。

これからシルヴィスと同じ場所で暮らすのだと思うと、リリアーヌは落ち着かない気持ちになるのだが、シルヴィスはいつも通り落ち着き払っている。なんだか自分ばかりがドキドキしているみたいだ。

それを悟られたくなくて、移動中ずっとリリアーヌは窓の外を見つめていた。

本来なら結婚まで同居することなどあり得ないのだが、グローセル伯爵家の人々はしっかり者の長女リリアーヌに寄りかかりすぎ、リリアーヌの負担が大きい。婚約を機に、グローセル伯爵家の人々に自立してもらおうと、シルヴィスが強引に連れ出した。

外聞を気にする父が反対するかと思ったが、苦労をかけた娘の幸せが逃げてはいけないとばかりに快く送り出してくれたことにはちょっと驚いた。妹たちには父が何か言い含めていたらしい。こちらも「お姉様が幸せを逃しませんように」と言って見送ってくれた。

そのあとで「シルヴィス様に素敵なお友達をご紹介くださるように、お願いしてね」と付け加えてきたあたり、下心が丸見えで思わず笑ってしまった。

グローセル伯爵家には執事のボドワンがいるし、有能なメイドも増えた。何かあればエルデ侯爵家のタウンハウスに連絡が来るようにしてある。そもそもお互いのタウンハウス自体がそう離れていないから、すぐに駆け付けられる。

不安があるとしたら、社交シーズン後、グローセル伯爵家が領地に引き返してからのことだが、あと二か月以上もある。それだけあれば、リリアーヌの不在にも慣れるだろう。

馬車はほどなくして、目的地に到着した。エルデ侯爵家のタウンハウスは、王宮に近い一等地にある。

玄関前で馬車を停めてもらって、シルヴィスの手を借りて降りる。玄関前にずらりと並んだ使用人たちに軽く微笑んで、リリアーヌは玄関をくぐった。

大きな屋敷だから、中も相当に豪華だろうと思っていた。けれど、予想とは違う内装にリリアーヌは目をぱちくりとさせた。

よく言えば質実剛健、悪く言えば質素。というか、地味。

「何もなくて驚いていただろう」

後ろから入ってきたシルヴィスが、リリアーヌの困惑を読み取って声をかけてきた。

「屋敷のことは女主人の管轄だが、うちの両親は私が小さいうちに別居していてね。母も数年前に亡くなった。父はもともと興味がなかったようだ。タウンハウスよりは軍の関連施設にいることが多かった人だしな」

シルヴィスの父親が最近亡くなったことは知っていたが、母親について聞くのは初めてだ。

「だから、女主人の仕事に関しては、誰かに教えてもらえるように依頼しようと思う。家のことは執事のバークリーとメイド頭のアルマに聞いてほしい」

シルヴィスに続いて玄関に入ってきた使用人たちのうち、紹介があった二人が前に出てリリアーヌに頭を下げた。

バークリーはシルヴィスより年上に見える、黒髪の男性だった。

――シルヴィス様が戻ってきて、執事の交代があったのよね。

対するアルマはリリアーヌの母親くらいの年齢で、大変ふくよかな女性だった。エルサの母親だそうである。

「頼りにしますね」

そう言うリリアーヌに二人もにっこりと笑い返した。

「この家は女主人に飢えているんですよ。シルヴィス様にはなるべく早めに奥様を迎えてほしいという話をしておりましたが、こんなに早く連れてきてくださるなんて」

アルマが感激している様子を隠さずに言う。

「まだ奥様ではないのですが、よろしくお願いします」

「もちろんですとも！　我々一同、リリアーヌ様を歓迎しております」

——よかった、邪魔者ではないみたい。

満面の笑顔のアルマに、リリアーヌはほっとした。あまりにいろいろすっ飛ばして登場した婚約者に、どう反応されるのか不安だったのだ。

「おいで、リリアーヌ。あなたの部屋に案内しよう」

シルヴィスがリリアーヌを促す。リリアーヌはバイオリンケースを手に、シルヴィスに従って階段を上っていった。


通されたのは二階の南側、もっとも日当たりのいい部屋だ。

「ここが女主人の部屋だ。取り急ぎ、人が住める状態にはしたが、リリアーヌの好みもあるだろう。希望があったら教えてほしい」

シルヴィスはそう言うが、玄関ほど殺風景な印象はなかった。全体的に古めかしい雰囲気だが、家具はきちんとそろっているし、掃除は行き届いている。

「寝室はこっち」

シルヴィスが部屋の奥にあるドアを開ける。そのシルヴィスについて奥の部屋に入ると、天蓋付きの立派なベッドが目に飛び込んできた。

「これ……夫婦の寝室ですよね……」

——まだ婚約段階なのに、同じ寝室を使うの？

それはさすがに早すぎる気がする。

「この屋敷にはいくつも部屋がある。私は違う部屋を使うから安心してくれ。でもいずれは、ここを二人で使うようになる」

主寝室を見せられてたじろいだリリアーヌがおかしかったのか、わずかに笑みを浮かべながらシルヴィスが大きなベッドに腰掛けた。

「今どき、天蓋付きのベッドなんて珍しいだろう？　古いものらしい。リネン類は新しいものに変えさせたけれどね。……早速で悪いが、バイオリンを聴かせてくれないか？」

「えっ？」

こんな場所で演奏をねだられるとは思わず、聞き返してしまった。

「練習が必要か？」

「……いいえ。でも簡単な曲でご容赦ください」

「かまわない」

リリアーヌはベッドのそばにあるテーブルにバイオリンケースを置き、ふたを開けた。

バイオリンには機嫌がある。

木でできているから、湿気に弱い。寒いのも苦手。雨の日は不機嫌。逆に今日のような、からりとした夏の日は好き。

バイオリンの機嫌は、実際に弾くとよくわかる。

音叉で音を合わせたあと、指慣らしのためにいくつか音階を弾く。それからリリアーヌは呼吸を整え、弦の上に弓を滑らせた。

古い時代の舞踏曲をモチーフにした独奏曲。舞踏会で弾いた、演奏者の技術を見せつけるタイプの曲ではない。軽やかな三拍子の曲だ。

シルヴィスが満足げな表情を浮かべる。

その様子に気をよくしたリリアーヌは、続けて何曲か似たような独奏曲を弾いた。

「素晴らしい」

リリアーヌが弓を下ろすと、シルヴィスが立ち上がって拍手をしてくれる。

「しばらく弾いていなかったので、思うように指が動きませんでした。練習します」

ゆったりした曲ばかり選んだのだが、やはり楽器と離れている時間が長かったせいで、かつてのようには弾けなかった。

「そうなのか？　全然わからなかった。それにしても、あなたはいろんな音色を出せるんだな。舞踏会での演奏は鬼気迫るものがあったのに」

「あれは、わざとそういう曲を選んだのです」

リリアーヌが答えると、シルヴィスが微笑んだ。

「よかった。あなたには優しい音色が似合う。また私のために弾いてくれるか？　私だけではなく、子どもにも聴かせてやりたい」

シルヴィスの言葉に、小さい頃、母にバイオリンを弾いてとせがんだことを思い出す。母は十歳の時に亡くなっているから、もう顔も声もおぼろげだ。それでも、聞かせてくれたバイオリンの音色は覚えている。

今度は逆に、我が子にバイオリンを弾いてとせがまれるようになるのかもしれない。そう思うとなんだかくすぐったい。なんて幸せな光景だろう。

「もちろん」

答えながら、その子がシルヴィスに似ているといいなと思った。

数日後、リリアーヌは新しいドレスをまとって、シルヴィスとともに舞踏会場へ向かっていた。

婚約発表後、まだ公の場に姿を現していない。そろそろ夜会か何かに顔を出して正式に婚約したことをお披露目しなければと思っていた矢先、制作を依頼したドレスのひとつが完成し、届けられたのだ。

ずっと憧れていた、レースがふんだんにあしらわれた華やかなデザインのドレスだ。色は淡いピンク色。リリアーヌは髪も目も淡い色合いなので、こうした優しい色合いがよく似合う。

一方のシルヴィスは艶やかな黒色の夜会服に身を包んでいる。

参加することに決めたのは、独身者が結婚相手を探すための舞踏会ではなく、上流階級の人々が集まって親交を深めるための舞踏会である。これから本格的に社交界に加わっていくリリアーヌのためにと、シルヴィスが選んだ。

グローセル伯爵家では招かれることがない、そうそうたる顔ぶれが集まる舞踏会である。

「そんなに緊張しなくても大丈夫だよ」

新しいドレスをまとい、シルヴィスと合わせたアクセサリーを身につけて馬車に乗り込んだはいいものの、リリアーヌの顔は緊張のあまりこわばっていた。

そんなリリアーヌに、シルヴィスが安心させるように声をかける。

「でも、こういう舞踏会に出るのは初めてですから……」

母がいないため、大人同士の付き合い方の手ほどきを受けていないから、うまくできるか自信がない。

「今日はお披露目が目的だから、ニコニコしていればいい。リリアーヌの指南役を引き受けてくれたギード侯爵夫人だけには、きちんと挨拶してほしいが」

「え、ええ……わかりました」

そうこうしているうちに、馬車は会場となる屋敷へと到着した。

玄関先に馬車がつけられ、ドアが開かれる。先にシルヴィスが降りて、リリアーヌに手を差し伸べる。

片手はシルヴィスの手に、もう片手は真新しいドレスを踏まないように裾を持ち上げながら、馬車から降り立つ。

シルヴィスの動きには迷いがない。社交慣れしているのがわかる。

屋敷の入り口にいる使用人がドアを開く。玄関ホールにいる招待客たちがシルヴィスとリリアーヌに気付き、会釈してきた。シルヴィスは鷹揚に頷くのみだ。

連れ立って踏み込んだ広間には、大勢の人がひしめいていた。

「これはエルデ卿。ようやく婚約者をお披露目する気になりましたか」

シルヴィスに気付いた男性の一人から声をかけられ、シルヴィスがにこやかに返事をする。やはり、社交慣れしている。

それからしばらく、リリアーヌはシルヴィスの挨拶まわりに付き合わされた。

シルヴィスは会う人すべてに「初恋の女性を見つけたので大急ぎで婚約を申し込んだ」と言ってまわったおかげで、リリアーヌはもれなく全員に「素晴らしいね」と声をかけられた。

——初恋の人を探していたというエピソードのおかげで、シルヴィス様の女性関係が派手という噂も消せそうね。

人々の反応を見ていると、そんな気がする。

リリアーヌの「侯爵夫人」としての指南役となるギード侯爵夫人にも会った。

年齢はリリアーヌの母親くらいだろうか、朗らかな笑顔が印象的な女性だった。夫であるギード侯爵が、シルヴィスの父親と軍の同期とのことである。

ギード侯爵夫人はよくしゃべるご婦人だったが、シルヴィスが楽団の演奏が終わるタイミングで「婚約者を見せびらかしたい」と切り出すと、快く広間の真ん中に送りだしてくれた。

「ギード侯爵夫人は話が長いのが玉に瑕だが、愛想よくしていれば話を途中で切っても怒らない」

広間の真ん中に連れ出してくれながら、シルヴィスが言う。

「長く外国にいらっしゃったと聞いていますから、シルヴィス様にはお知り合いがいないのかと思っていましたが、そうでもないのですね」

「多くはないよ。だから、味方になってくれる人を増やしているところだ」

リリアーヌは、エルサに続いて執事のバークリーやメイド頭のアルマにもシルヴィスの話を聞いていた。

シルヴィスの両親は仲がよろしくなく、シルヴィスが小さいうちに別居したこと。シルヴィスは母親についていったこと。祖父母が亡くなり、父親が家督を継いだタイミングでシルヴィスだけ呼び戻され、寄宿学校に入れられたこと。

それからしばらくして、父親と二人でキルワースに赴任したこと。その赴任中に母親が亡くなったが、葬儀には戻れなかったこと。その数年後に今度は父親を亡くし、家督を相続することになったこと。

長く本国から離れていたことや、シルヴィスの父親が親戚付き合いをおろそかにしたせいで、シルヴィスには頼れる近親者がいないらしい。

エルサと違い、二人は事実だけを教えてくれた。

「それでしたら、なおのこと私ではなく有力貴族の娘と結婚するべきだったのでは」

広間の真ん中でダンスポジションを取るシルヴィスに、リリアーヌが告げると、

「有力貴族の娘より、リリアーヌのほうが大切だからな」

シルヴィスがしれっと答える。直接的な言葉に、こちらがたじろいでしまう。

「もう、シルヴィス様ったら、どうしてそんなことを恥ずかしげもなく言えるのです？」

「事実だからな。さて、今日はあなたを見せびらかすのが目的だから、せいぜい目立ってやろう」

シルヴィスがぐっとリリアーヌの体を抱き寄せる。

「私、あまりダンスは得意ではないのです。どうぞお手柔らかに」

「大丈夫。私もだ」

曲が始まる。最近流行の軽快なテンポの曲だ。

シルヴィスがリリアーヌをリードして、二人は人の間を縫うようにしてステップを踏む。

「得意ではないなんて嘘。シルヴィス様はとてもダンスがお上手だわ」

シルヴィスのリードは巧みで、今までの誰よりも踊りやすかった。驚いて聞くと、

「数だけはこなしているからな。士官学校に入った十六歳の時から去年まで、軍艦の寄港地で式典や歓迎パーティーに参加させられてきたし。得意ではないというのは本当だよ」

そんな答えが返ってきた。

「海軍はお辞めになっているんですよね。復帰は考えていらっしゃらないの？」

「今のところはね」

「シルヴィス様の軍服姿、見てみたかったわ」

「もう着ることはないと思って処分してしまったんだ。こんなことなら、残しておけばよかった」

軽口をたたきながらのダンスは初めてだ。いつも緊張しながら踊っていたから、こんなふうに大胆に動くのも初めて。

初めて楽しいと思えた。好きな人と一緒に作ったドレスを着て、好きな人と踊る。なんて胸がわくわくするのだろう。

今日は将来のエルデ侯爵夫人としてのデビューの日であり、ここにいる人たちにリリアーヌを覚えてもらう必要があるのだが、シルヴィスと踊っているうちに大切な目的はどこ

かに消し飛んでしまった。

ただただ、楽しかった。

そんなリリアーヌを見つめている人影があるとも知らずに。

「ご婚約おめでとうございます」

ダンスを終え、シルヴィスと窓辺で涼んでいると、そんな声が飛んできた。

二人同時に振り返ると、そこには背の高い女性が一人、立っていた。

際立った美貌には甘さがなく、顔を縁取る髪の毛は豪奢な黄金。リリアーヌも金髪だが、彼女よりはもっと淡い色をしている。そして、シャンデリアの光を受けてきらめく瞳もまた、金色。まとうドレスは深い緑色で、金糸で細かい刺繍が施されている。

金色の瞳は王家の血を持つ証しだと聞いたことがある。ただリリアーヌは、その色の瞳を持つ人を見たことはなかった。一度だけ国王に謁見したことがあるが、リリアーヌ自身ほとんど顔を伏せていたので、国王の瞳の色は確認していない。

「……どうしてここにいる……」

隣でシルヴィスが息を呑む。どうしたのだろうと目をやれば、顔がこわばっている。

ややあって、シルヴィスが低い声で呻いた。警戒心をあらわにした声音に、不安がかき立てられる。

「まあ、ご挨拶ですこと。わたくしだって貴族の娘ですもの、ここにいてもおかしくないでしょうに。初めまして、リリアーヌ様。わたくし、ドートリッシュ伯爵の娘、クレアと申します」

クレアがにっこりと笑う。聞いたことがない名前だ。貴族の名前をすべて覚えているわけではないから、知らない名前の人がいてもおかしくはないけれど、王家の血を持つ令嬢なら噂になるはずだ。同世代にそんな噂を持つ令嬢がいただろうか？

「初めまして、クレア様。私はグローセル伯爵の娘、リリアーヌと申します。どうぞよろしくお願いいたします」

シルヴィスの警戒心を受け、リリアーヌもまたやや緊張しながら、型通りに挨拶を返す。

「わたくしね、そこにいるシルヴィスとは幼なじみなの。こういう場で会うのは初めてだから、彼をお借りしてもよろしいかしら？」

シルヴィスのことを呼び捨てにするクレアに気付きながら、リリアーヌは「もちろんですわ」と微笑んだ。

シルヴィスの機嫌が悪くなったのはわかったが、クレアは問答無用でシルヴィスを広間に連れ出す。

リリアーヌはそんな二人の姿に釘付け（くぎづ）けになっていた。

背の高いシルヴィスに、同じく背の高いクレアはよく似合う。それに、クレアの洗練された身のこなしは遠目にも目を引いた。リリアーヌのように気後れした部分が少しもない。

二人が何か話している。シルヴィスは少し不機嫌そうに見えるが、クレアは楽しそうにしている。見ているだけで、幼なじみらしい気安い雰囲気が伝わってくる。

――幼なじみだもの。仲がいいのは当たり前でしょ。

自分にそう言い聞かせるが、いくら幼なじみであっても婚約者がいる男性と二人きりになりたいなんて、どういう了見なのだろう。それに、シルヴィスのことを呼び捨てにしているのもなんとなく癪に障る。婚約者の自分ですら、呼び捨てにはしていないのに。

――パートナー以外と踊ってはいけない、という決まりがあるわけではないし。

そう考えてみるけれど、もやもやしてしまう。

「こんばんは、リリアーヌ様」

踊る二人を見つめているリリアーヌに、傍らから誰かが声をかけた。はっとして振り返ると、リリアナが立っていた。

「あ……こんばんは、リリアナ様。いい夜ね」

「そうね。今日は身重の義姉の代理で、お兄様のパートナーとしてついてきたのだけれど……婚約者のお披露目の場であっても、相変わらず人気があるのね、シルヴィス様は」

リリアナもシルヴィスに気付いていたらしい。

「まあ、婚約しているから盗られるということはないでしょう。婚約後、しばらく社交の場に顔を出さなかったのは正解だったわね。シルヴィス様がぱっとしない家の令嬢と婚約したと、大変な騒ぎだったのよ」

持っている扇をひらひらさせながら、リリアナが教えてくれる。

ぱっとしないは失礼だがその通りなので、何も言えない。特に華やかなクレアを見たあとだから、その指摘は胸を抉る。

「……どうしてシルヴィス様は、そんなに人気があるのかしら？」

「名門侯爵家というのもあるけれど、シルヴィス様の亡きお父様が成功者だからよね。お父様が投資された事業がうまくいっているのが大きいわ」

そこでリリアナが言葉を切り、まわりにさっと視線を走らせてから声をひそめて続けた。

「お父様は軍人だったから政治の世界からは距離を置かれていたけれど、シルヴィス様はそうじゃないでしょ。シルヴィス様は上院の議員になる資格をお持ちだから、政治の世界で存在感を増すのではないかとみんな期待をしているのよ」

単に裕福だから人気を集めているわけではないらしい。知らなかった。

「シルヴィス様は今のところ、どこの陣営にも属していないわ。みんな自分の陣営に引き込みたいと思っているというわけ」

そういえばシルヴィスは、現在味方を増やしているところだと言っていた。

――シルヴィス様はもしかして、権力に近づこうとしているの？

だとしたら、シルヴィスは立ち回りに気を遣わなくてはならないはずだ。

一度は解決したと思った疑問が、再び頭をもたげる。なぜ私なの？　という、疑問が。

「ところで、式はいつなの？　電光石火で婚約されたのだから、式も早いのかしら？」

明るい口調に戻り、リリアナがたずねる。

「まだそういう話は出てきていないわ。だって婚約したばかりだもの」

「あら、そうなの？　婚約の時に式の段取りについても決めるのが一般的なんだけれど、あなたがたの場合はあり得ないほど婚約成立までが短かったから、これからなのかしら」

その時、誰かがリリアナを呼んだ。目を向けると、リリアナによく似た黒髪の男性がこちらを見ている。

「お兄様だわ。では失礼」

リリアナが軽く会釈をして、リリアーヌの前から立ち去る。

リリアーヌは再び広間に目を向けた。シルヴィスとクレアはまだ踊っている。

——確かに、私たちはあり得ないほど婚約までの期間が短かった。でもそれは、シルヴィス様の希望で……。

シルヴィスはリリアーヌに気を遣ってくれている。真心も感じる。

なのに不安が拭えないのはなぜだろう。

と、その時。クレアがちらりとこちらを見たのがわかった。つられるようにシルヴィスもリリアーヌに目を向ける。

リリアーヌは二人に向かって微笑みを浮かべたが、二人とも会釈するでもなく微笑み返すでもなく、すぐに視線をお互いに戻してしまった。遠くてリリアーヌの反応に気付かなかったのだろう。相変わらず何か話している。

それはほんの些細なことだし、よくあることでもある。リリアーヌを無視したわけでも軽んじたわけでも、ましてや侮辱したわけでもない。そうわかるのに、なぜかリリアーヌの心の中にどす黒い感情が広がっていった。

気に入らない。シルヴィスと踊るクレアが。突然現れてシルヴィスを連れていったクレアが。婚約者の自分に対し親密さを見せつけるクレアが。

――どうして。クレア様とシルヴィス様は幼なじみなのよ。親しくて当然だわ。

頭では理解しているのに、心が納得しない。これ以上二人を見ていたくなくて、リリアーヌは広間に背を向け窓から外の景色を眺めることにした。

夏の夜の庭園にはところどころ明かりが灯され、幻想的な雰囲気を醸し出している。その中で語らっている人の姿も見える。

もしかしたら、シルヴィスも夏の夜の庭園に誘ってくれたかもしれない。でも今日はもう、舞踏会を楽しむ気にもなれない。

きっと、シルヴィスと踊ったのがクレアでなければ許せていた。

「どうかしたか、リリアーヌ」

どれくらいいたっただろう。背後から聞き慣れた声が聞こえた。

「ちょっと、熱気に当てられたみたいです」

リリアーヌはそう言っておそるおそる振り返った。近くにクレアがいるのかと思ったが、クレアはどこにもいなかった。

「きれいな方でしたね、クレア様」

「あ？　ああ……まあ……だが、こんなところにのこのこ出てくるとは思わなかったな。しかもあんな格好で」

シルヴィスがため息をつく。態度だけでなく、言葉まで気安い。クレアとの親密さをさらに見せつけられたみたいで、つらい。

「疲れたようだな。帰るか。挨拶したい人への顔見せは終わったし」

シルヴィスの提案に、リリアーヌはおとなしく頷いた。

エルデ侯爵家の馬車を呼んでもらい、乗り込む。

舞踏会の雑踏が遠くなってもなお、リリアーヌの頭の中では先ほどの光景が何度も繰り返されていた。

シルヴィスと親しげなクレア。式はいつなのと聞くリリアナ。

婚姻契約書に書いてあったのは、エルデ侯爵家からグローセル伯爵家に対する支援のことばかりだった。

リリアーヌがシルヴィスのもとにいる間、シルヴィスはリリアーヌの実家への支援を続ける。もし離縁となったら、リリアーヌは受けた支援のすべてをシルヴィスに返さなくてはならない。

グローセル伯爵家に、受けた支援を返金するだけの能力はない。ゆえにリリアーヌはシルヴィスと離縁できない……。

まるでリリアーヌの売買契約書だ。リリアーヌの気持ちにも権利にも、まったく触れられていない。

二人の仲が良好であれば問題ない。でも問題が生じたら？　それでも離縁できないのだろうか。そのことは書いていなかったように思う。

——賭けのことがあって断れない話だったから、すぐにサインをしてしまったけれど、内容は話し合うべきだったわ。

そうまでしてリリアーヌを縛りたい理由とはなんだろう。

初恋の人を相手に交わす契約にしては、あまりにも人の心がなさ過ぎる気がする。

普段のシルヴィスの優しさにごまかされているが、この契約書がある限り、シルヴィスとリリアーヌの立場は対等ではないのだ。リリアーヌはシルヴィスに逆らえない。

お似合いの令嬢が現れても、シルヴィスがその人とどんなに親しくしても、シルヴィスが口出しするなと言えば、リリアーヌは何も言えない。

――我慢するしかないの？

「ずいぶん機嫌が悪そうだな。クレアのことか？」

シルヴィスからクレアの名前を出され、リリアーヌの中で何かが切れた。

「ええ、その通りです」

リリアーヌはキッと、はす向かいに座るシルヴィスを睨みつけた。

「どうしてあの方、あんなにシルヴィス様に馴れ馴れしいのですか？　婚約者の私がいるのに、失礼ではありませんか」

「クレアの態度がそこまで常軌を逸しているようには思えなかったが……もしかしてリリアーヌ、焼きもちを焼いている？」

「違います！」

ずばり指摘され、リリアーヌは真っ赤になって言い返した。

「や、焼きもちなんてそんな見苦しいもの、私が焼くわけがないでしょう！　私が怒っているのは、あの方の失礼な態度のほうですから！」

「そうか。リリアーヌの目にはそんなに馴れ馴れしく見えたのか。それは、抗議しないといけないな」

シルヴィスがどこか笑いを堪えたような声音で言い、リリアーヌの隣に移動してくる。

大きめの馬車だが、大人二人が並ぶとちょっときつい。肩が触れ合うほどの近さに動揺し、リリアーヌはシルヴィスとなるべく距離を取ろうと、べたりと馬車のドアに張り付いた。

「どうしてこちらに来るのですか。狭いですわ」

「リリアーヌは、あいつが私に馴れ馴れしくしたことに怒っているんだよな？　それはつまり、リリアーヌの気持ちが私にあるということだよな？」

シルヴィスはなんだか楽しげだ。からかわれているのだと思った。

「婚約者が他の令嬢と親しくしていて、いい気分になるわけないでしょう⁉　そんなことより、シルヴィス様こそどうなのです。私のことを初恋の君だと紹介してくださっておりましたが、それは本当なのですか？」

「それはどういう意味だ？　私こそ、何度も自分の気持ちは伝えているはずだが」

シルヴィスが不意に真顔になり、リリアーヌのほうにぐいと体を乗り出してきた。

「だ……だって、結婚式の日取りも決まっておりませんし……それに、婚姻契約書だって、グローセル伯爵家への支援と引き換えだから、私はサインするしかなかった……私の気持ちなんて本当は……っ」

違う、こんなことが言いたいわけではない。

あまりの見苦しさにじんわり涙が浮かんでくる。情けなくてリリアーヌはシルヴィスから顔を背け、向かいの席に移ろうと腰を浮かしかけたのだが。

ドン、と大きな手がリリアーヌの真横に突かれた。はっとして振り返ると、シルヴィスが苛立ちを隠さない目ですぐ近くからリリアーヌを見つめている。

「どういうおつもりですか」

シルヴィスの腕に閉じ込められた形になってしまった。これでは席を移ることもできない。リリアーヌはシルヴィスの放つ怒りにおののきながらも、怖がっていることを悟られたくなくて、睨みつけながら聞き返した。

「要するにリリアーヌは俺のことを信用しきれていない、ということなんだろう?」

俺。シルヴィスの一人称の変化に、目を見開く。シルヴィスは機嫌の悪さを隠そうともせず、リリアーヌを見下ろす。

どうやらリリアーヌは、シルヴィスに言ってはならないことを言ってしまったらしい。

「何度も言葉にしたし、あなたのために心を砕いてきたつもりだ。それでも信用できないというのか?」

「そういうわけでは……」

リリアーヌの言葉を最後まで聞くことはなく、シルヴィスが突いているのとは反対の手でリリアーヌのあごをつかんで上向かせ、顔を寄せてくる。

体はもちろん、顔を背けることもできない状態で唇が重ねられる。驚いて喘(あえ)いだ瞬間を見逃さずにシルヴィスの舌先がリリアーヌの口腔(こうこう)内に入り込む。肉厚の舌先がリリアーヌの舌を追い回し、口の中をなで回す。一度だけ経験したことがある、深い口付けだ。

「……ふ……っ」

噛みつくような口付けにリリアーヌは喘いだ。怖かった。

「あれだけ言葉を尽くしても信じてもらえないなら、俺はどうすればいい?」

荒々しい口付けをやめて、シルヴィスがたずねる。

「それは……」

「態度で示すべきなんだろうか?」

そう言ってシルヴィスが再び唇を重ねる。先ほどと同じ荒々しい口付けだ。

呼吸ができない。シルヴィスが怖い。体と心、両方の苦しさから涙がにじむ。シルヴィスを押しのけたいが、男の体はびくともしない。

最初は無理やり、力ずくでリリアーヌの口腔内に押し入ったシルヴィスの舌先だが、お互いの熱がなじむ頃、様子が変わってきた。無理やりさが抜け、追い回される怖さが薄らぐ。そのかわりひたすら執拗にシルヴィスはリリアーヌを求めてきた。

リリアーヌの舌先をシルヴィスが吸い上げては転がす。ピチャピチャという粘着質な音がやけに大きく聞こえる。二人の距離が近いこと、呼吸が苦しいこと、何より深い口付けに翻弄されていることで体温が上がり、やがて体の奥にもどかしい熱がともる。

風邪を引いて高熱を出した時の苦しさに似ている気もするし、まったく似ていない気もする。

口付けを交わしたまま、あごに触れていたシルヴィスの手が滑り降りてリリアーヌの首筋を、肩を、そこから伸びた腕を撫で、手の甲から指先をなぞり、指を絡めてくる。

伝わる男の体温の高さに体から力が抜け、リリアーヌはされるがままシルヴィスから口付けを受けていた。

この時間がずっと続けばいい、そんなことを思い始めていた矢先、シルヴィスが唇を離して居住まいを正す。

なんだろうと思っていたら、ほどなくして馬車が停まった。外を見るといつの間にか馬車はエルデ侯爵家のタウンハウスに到着していた。

御者がドアを開け、いつも通りシルヴィスが先に降りてリリアーヌに手を差し伸べる。

いつもと違ったのは、出迎えのメイドにリリアーヌを任せることなく、リリアーヌをそのまま二階に連れていったことだ。

連れ込まれたのはシルヴィスの部屋だった。このタウンハウスの主人の部屋ではない。主寝室をリリアーヌに譲っていることから、シルヴィスは客室のひとつを使っているのだ。シルヴィスが帰ってきても困らないようにと、小さなランプだけが灯っている。

「シルヴィス様？」

リリアーヌを先に部屋に入れたあと、後ろ手にドアを閉めるシルヴィスにリリアーヌが聞き返した途端、シルヴィスが大股に近づいてきてリリアーヌの腕をつかみ、部屋の奥にあるベッドの上に乱暴に押し倒す。

「シル……っ」

慌てるリリアーヌの上からのしかかり、その腕をベッドに縫い留めてシルヴィスが再び口付けてくる。ねっとりとした舌使いに、あっという間にリリアーヌの体から力が抜ける。先ほどシルヴィスによって灯された体の奥の炎は、シルヴィスの口付けであっという間に強さをましてリリアーヌを呑み込んでいく。

「ずっと我慢していたんだ。本当はこうしたかった」

さんざん口付けでリリアーヌを翻弄したあと、シルヴィスが唇を離してリリアーヌに囁く。そしてリリアーヌが何か言う前に、リリアーヌの白い喉元に唇を寄せて吸い付いてきた。

リリアーヌが突然のことに驚いて体をのけぞらせたのをいいことに、喉から首筋を舐(な)め上げては時々吸い付く。

「待って、シルヴィス様……っ」

体をよじりたくても、リリアーヌの体はシルヴィスの大きな体に押さえつけられていて身動きができない。

頭をよじると首筋を晒(さら)してしまい、シルヴィスに吸い付かれるのでろくな抵抗もできない。しかも吸い付かれる刺激がいやなものではないから厄介だった。ちゅっと吸われるたびになんともいえない心地よさが体中に広がり、もっとと願ってしまう自分がいた。

冷静に考えて、男の人に首筋を吸われて喜んでいるなんておかしい。おかしいから抵抗しなければならないと思うのに、心とは裏腹に体からは力が抜けてシルヴィスのなすがままになっている。

「もう少しリリアーヌがこの生活に慣れてから、と思っていたが、考えが変わった」

さんざんリリアーヌの首筋から胸元にかけて舌先を遊ばせたあと、シルヴィスが体を起こして呟く。

「言葉を尽くしても伝わらないのなら、態度で示すしかないよな」

シルヴィスの声音が冷たい。

──私、シルヴィス様を怒らせてしまった……。

そう悟り、青ざめるリリアーヌの前でシルヴィスが首元のタイを解いて、床に投げ捨てる。

それからわずか数分後、リリアーヌはベッドの上で下穿き姿にされていた。

注文した最新のドレスは、従来のものよりもずっと着脱がしやすくなっている。

その特徴を逆手に取られてあっというまにドレスを剝かれ、その下に着けていたコルセットもシュミーズも剝ぎ取られ、たった今、リボンで膝上に留めていた絹のストッキングを脱がされたところだ。

「何か言いたいことは？　聞き届けてやれるかどうかはわからないが」

シルヴィスがシャツを脱ぎ、あらわになった胸を両腕で頑張って隠しているリリアーヌの上にのしかかりながら聞いてくる。

軍隊にいたというだけあって、しっかり筋肉のついたシルヴィスの裸体は、とても美しかった。その美しい裸体が部屋に置いてある小さなランプの光に浮かび上がる。

「その、本当に……？　貞操を失えば、私……」

直視できず、リリアーヌは目を逸（そ）らしながら上ずった声で答える。

「俺に嫁ぐしかないリリアーヌが貞操を気にするのも、おかしな話だとは思わないか？それにあなたのことだから、本当にいやならもっとはっきりと抵抗しているだろう」

シルヴィスがリリアーヌの両腕をまとめて腕一本で拘束する。

「……っ、だとしても、結婚式より前にこういうことをするのは……っ」

シルヴィスの視線が胸に向けられていることに気付き、リリアーヌは真っ赤になりながら答えた。

「さっき、リリアーヌは結婚式の日取りが決まっていないことを気にしていたな。婚姻契約書のことも」

シルヴィスが顔を寄せてきてリリアーヌの首筋を舐める。

「俺はこの国のしきたりに詳しくない。不備があったのなら作り直そう。リリアーヌを蔑ろにする意図はない。結婚式に関しては双方のすり合わせができていないから、保留にしただけだ」

耳元で低く囁かれ、リリアーヌは恥ずかしさのあまり唇を噛みしめた。どうやら盛大に勘違いしていただけのようだ。何度目の勘違いだろう。シルヴィスが怒るのも当たり前だった。

シルヴィスの舌がそのままリリアーヌの耳朶を舐め上げては唇で食む。敏感な場所を丁寧に探られて全身に強烈な快感が走る。それも淫靡で、官能的な。経験がなくてもわかる。

「それじゃ、私は……」

「クレアは性格が悪いんだよ」

リリアーヌの言葉を遮り、シルヴィスが言う。

「引きこもりのくせに、俺が婚約者を連れていくと知って出てきたくらいだぞ。俺をダンスに誘ったのもそう、リリアーヌの反応を見るためだろう。あいつの相手はするな。こっちが困っているのを見てニヤニヤするタイプだから」

「そんな」

「もっとも、あいつのおかげで思ったより早くリリアーヌを手に入れられそうではあるな。あいつに感謝なんてしたくもないが、今日は一応感謝してもやってもいいかもしれん」

ずいぶんな言葉を吐きながら、シルヴィスの頭が下がっていき、リリアーヌの乳房に舌先を這わす。シルヴィスの右手はリリアーヌの両腕を拘束し、左手はリリアーヌの脇腹の横に突かれており、さらに下半身はシルヴィス自身の体に抑え込まれており、ほとんど身動きができない。

舌先が裾野からだんだんとてっぺんに向かって上がってくる。かと思えば、また裾野に下りる。くすぐったいのと、恥ずかしい場所を舐められているという羞恥心から、リリアーヌは真っ赤になった顔を背けるのが精いっぱいだった。

とはいえ、シルヴィス自身はリリアーヌの胸元に顔をうずめているので、リリアーヌの表情を見ることはできないのだ。自分の視界の中で、シルヴィスの黒髪がうごめく様子を見たくなかった。

体の奥がじんじんする。熱は特に下腹部、脚の付け根のあたりに溜まっているようで、太ももがわなわなく。なんとかして熱を逃がしたい。もじもじと体を動かしてみるが効果はない。

苦しい。つらい。どうしたらいい？　全部シルヴィスのせい。それはわかるが、シルヴィスになんと言えばいいのかわからない。リリアーヌが涙目になってきた時、不意にシルヴィスの唇がリリアーヌの胸の頂を含んだ。

「はぅっ！」

今までの皮膚への刺激とは違う、特に敏感な部分への刺激に思わず背中が浮く。下半身に溜まっていた熱がどろりと溶け出し、脚の間からこぼれて下穿きにじんわり広がる感覚が伝わってくる。

──わ、私、どうしよう……こんな時に、粗相をしてしまうなんて……！

いい大人なのに、恥ずかしすぎる。

「リリアーヌはこれが好きか。何もしていないのにこちら側も勃ってきているな」

羞恥に震えるリリアーヌのことなどお構いなしで、シルヴィスが今度は反対側の胸の頂を含む。

「あ……ふぅん！」

反対側は刺激に慣れていないため、口に含まれた途端に再び強烈な快感がリリアーヌを貫いた。鼻から抜けるような妙な声が出るし、足の付け根から熱い何かがあふれ出して下穿きに広がっていくのがわかった。

どうやら粗相は、リリアーヌが気付かない間も続いていたらしい。

どうか気付かれませんように、と祈る気持ちでいるリリアーヌの腹を、すっとシルヴィスの左手が撫でる。そしてそのままその左手が下穿きの中に滑り込んでいく。

「ま、待って……っ」

足を閉じたい。手を追い出したい。でもどちらもできなかった。シルヴィスの大きな指が容赦なくリリアーヌの秘所に忍び込み、ぬるつきを確認するように一帯を撫でる。

恥ずかしさで死ねるのなら、今この瞬間に絶命できるだろう。だがリリアーヌにできることは真っ赤になって涙をあふれさせながら、羞恥に耐えることだけだ。

「これは、ずいぶんと濡れているな」

案の定、シルヴィスが胸の愛撫をやめて顔を上げ、驚いたようにリリアーヌを見つめる。

「わ、私だって好きで粗相をしたわけでは……っ」

「粗相？　これは粗相ではない。女は感じるとここから、こんなふうに、蜜がこぼれる」

シルヴィスがぬかるみの源に指の腹を這わせる。確かにそこは、小水が出る場所とは違うようだ。

「けれど、口付けと胸への愛撫だけでここまで濡れるなんて思わなかった」

「……っ、私に不満があるなら」

「不満？　何を言う、大満足だよ」

シルヴィスがそう言って再びリリアーヌの胸に顔を寄せ、頂を含む。同時にぬかるみに這わされた指がぬかるみの近くにある陰核に触れてくる。

「ん、ふう！」

体の中で最も敏感な場所に触れられて、体が跳ねる。

シルヴィスの舌が、指先がリリアーヌを的確に追い詰めていく。体の奥がたまらなく熱く疼く。膨らんでいく感覚がなんなのかわからないまま、恥ずかしいと思う余裕もなくなり、リリアーヌはシーツをつかんで喘いだ。

「どうもうまく伝わっていないようだが、俺はあなたと出会ってからずっと、あなたのことが気になっていた。独身でいると知った時、絶対に手に入れなければと思った」

シルヴィスの指先が陰核から滑り降り、今度はぬかるみの源を撫でる。

リリアーヌは募るもどかしさのあまり、頭を振った。体が熱くてたまらない。いつの間にかびっしょりと汗をかき、長い金髪が額や頬に貼りつく。

シルヴィスの指先がぬかるみの中につぷりと差し込まれる。

未知の感覚に体がわななく。

指先が隘路(あいろ)を開いて中を撫でまわす。痛みはなかった。最初はあった違和感も撫でまわされているうちにだんだん薄れ、快楽に置き換わっていく。

「婚約してからは、こんなふうにリリアーヌを抱く日を楽しみにしていた」

シルヴィスの告白が心に染みこむ。そんなにリリアーヌのことを想ってくれていたのに、自分ときたらなんと幼稚な振る舞いをしてしまったことだろう。シルヴィスの事情を知ろうともしないで、一方的に決めつけて。

「シ……シルヴィス、さま、ごめんなさい……、私……！」

「反省はいい。今はただ感じてくれることだけが俺への詫びだ」

シルヴィスの言葉にリリアーヌはこくこくと頷いた。たまらなく気持ちいい。その気持ちいいがどんどん大きくなっていく。どこまで大きくなっていくのかわからない。

「あ……あああああっ」

ほどなくリリアーヌの体を大きな衝撃が突き抜ける。高い場所から投げ飛ばされ、どこまでも落ちていくような感覚。

一瞬、気を失ったのかもしれない。

衝撃が去ると同時に体から力が抜ける。

「こういうことは初めてだよな？　だとしたら、俺は極上の花嫁を手に入れたのかもしれない。あなたが敏感で嬉しいよ、リリアーヌ」

言いながら、シルヴィスがすっかり弛緩したリリアーヌの上で膝立ちになり、はいたままだったスラックスのボタンに手をかける。

前をくつろげほんの少しずらしたスラックスから、シルヴィスの肉杭が飛び出す。

リリアーヌはその大きさと太さに目を剝いた。

ぼんやりとした知識はある。裸で抱き合い、男性の雄芯を、女性の体の奥に差し込むのだ……そして最初はとても痛いと、結婚が早かった友達が教えてくれた。でも何回か繰り返していると慣れてくるわよ、とも。

「む、無理……！」

「できるだけ優しくする。約束はできないが」

スラックスを膝まで下ろすとそのまま脚を抜き、生まれたままの姿になったシルヴィスがリリアーヌに覆いかぶさる。両手を絡めてシーツに縫い留められ、唇が重ねられる。リリアーヌの口の中に差し込まれたシルヴィスの舌先は熱くぬめっていた。その舌がリリアーヌを求めて動く。

舌だけではなく、指も、胸も、腹も、重なる部分のすべてが熱い。

体が熱くなっているのは自分だけではないのだ。シルヴィスも同じなのだ。

硬いものがリリアーヌのぬかるみ部分に押し当てられる。

これが中に入ってくる。腹につくほど反り返っていた肉杭を思い浮かべると、どうしても体に力が入ってしまう。だがシルヴィスは肉杭の先端でリリアーヌの秘所を撫でるだけだ。

陰核を刺激されてたまらなく気持ちがいい。でも物足りない。もっと強い刺激がほしい。

「腰が揺れているよ、リリアーヌ」

唇を離してシルヴィスが囁く。

「……っ、だ、だって……！」

「初めてなのにここまで物欲しげにおねだりできるなんて、リリアーヌはなんて淫らなんだ」

言うなり、シルヴィスの肉杭がリリアーヌの中に押し入ってくる。

「あ、ああ……っ」

容赦なく貫かれて、リリアーヌは思わず悲鳴を上げた。

「痛いか？」

シルヴィスが聞く。リリアーヌは首を振った。

正直にいうと、痛みはあった。引き裂かれたのではないかと思うほどの痛みだったが、不思議なことにそれは一瞬で消えてしまい、今はただ自分の中にいるシルヴィスを抱きしめている気持ちだ。

快楽とは別に、じんわりと胸の奥に幸せが広がっていく。

シルヴィスはしばらくそのまま動かなかった。

「リリアーヌの中は気持ちいい。ぴったり吸い付いて締め上げてくる」

ややあって、シルヴィスが呟く。

「俺がどれだけ感激しているか、直接伝えられたらいいのに」

ゆっくりとシルヴィスが動く。狭い蜜壺をこすられて、リリアーヌは喘いだ。指よりも大きなものが、内側を余すことなくこすりあげる。どくどくと蜜があふれるのが自分でもわかった。しばらくそうされているうちに、つながっている部分からびちゃびちゃという音が鳴り始める。

——私はおかしいのかしら。

初めては痛いと聞いていたが、今はまったく痛くないどころか、内側を穿つシルヴィスの楔が愛しくてならないし、たまらなく気持ちいい。

——シルヴィス様は私のことを淫らだと言った。そうなのかもしれない。

初めてなのにシルヴィスの与える快楽に酔いしれて、いつの間にか彼の動きに合わせて腰を揺らしている自分に気が付いた。そうすれば穿つ先が自分の一番いい場所に当たるのだ。

シルヴィスの切っ先がその場所に当たるたびに、快感が体中を駆け巡る。

シルヴィスが何度もリリアーヌの名を呼ぶ。シルヴィスの動きが速くなっていく。いい場所を突かれる強さも速さも増したことで、リリアーヌはあっという間に快楽の海に溺れ、シルヴィスの体に腕を回すことしかできなかった。

「リリアーヌ、もう二度と俺の気持ちを疑わないでくれ」

リリアーヌを揺さぶりながら、上がる呼吸の中でシルヴィスが言う。

何か言うと舌を噛みそうで、リリアーヌはこくこくと頷いた。

シルヴィスがぐっと腰をつかんで引き寄せる。挿入が深まったせいで気が狂いそうなほどの快楽が体の奥で弾けた。

「あああああっ」

リリアーヌはシルヴィスの体に爪を立てた。シルヴィスの体もかすかに痙攣(けいれん)しているのがわかる。体の深い部分にじんわりと熱が広がっていく。シルヴィスの想いが伝わる。

この人のことが好きだと思った。好きな人に抱かれて幸せだった。

絶頂の波が引いていくと同時に強烈な眠気に襲われて、リリアーヌは目を閉じた。


絶頂を迎えたあとそのまま寝てしまったリリアーヌを見下ろしながら、シルヴィスはその顔に張り付いた金色の髪の毛をかき上げてやった。

――卑怯だな、俺は。

身分を手放すつもりでいることも、国を離れるつもりでいることも、伝えていない。それなのに彼女の純潔を奪った。もうリリアーヌは自分と離れられない。そのうえ、いよいよ本格的に厄介事へと巻き込もうとしている。

リリアーヌに撃ち殺されても文句は言えない。

――それにしても、あいつはなんのつもりだったんだ……。

今日の舞踏会に女装姿で現れたヴィクトールを思い浮かべ、シルヴィスはため息をついた。

ティアナに近づく役割を任されたリリアーヌを見に来たのだろうが、なぜリリアーヌに対しあそこまで不満を抱いているのかわからない。あてつけるような態度を取るものだから、リリアーヌが拗ねてしまった。

それに腹を立てて彼女の貞操を奪ってしまった自分も自分だ。

リリアーヌのことが好きなのに、彼女と、微妙に気持ちがすれ違うのは自分が彼女にいろいろと隠し事をしているせいだろう。

本当のことを言うべきか？　だが、そんなことをしたら彼女は離れていってしまう。

どっぷり自己嫌悪に陥っているところに、控えめなノック音が響いた。しばらく間をあけて、もう一度。

なんだと思ってシルヴィスはベッドから立ち上がり、床に落ちている自分のシャツを羽織りながらドアに向かう。

薄くドアを開けると、執事のバークリーがすまなさそうな顔で立っていた。

「旦那様、ドートリッシュ家のクレア様という方がお越しになっております」

「こんな時間にか」

はっきりとした時間はわからないが、人の家を訪ねるには遅い時間である。

「はい。……その、旦那様がお会いになってくれるまで待つとのことで」

「もしかしてずっと居座っているのか？　どれくらい前に来た」

「旦那様たちがお戻りになってしばらくして、こちらに」

困り果てたバークリーの顔を見て、思わず「あんの野郎」とキルワース訛りで呟いてしまう。本国に来てからは使わないようにしている言葉遣いに、バークリーが少しだけ驚いた顔をした。

「着替えたら行くと伝えてくれ。それから、空気を読め馬鹿者、とも」

「かしこまりました」

シルヴィスの指示を聞いてバークリーが下がる。シルヴィスはドアを閉めて部屋の中に引き返すと、ベッドサイドに脱ぎ散らかした自分の服を拾い集めた。


「……ずいぶん待たせてくれたじゃない？　それに馬鹿者とはなんだよ、馬鹿者とは」

応接間に赴くと、飽き飽きしたという顔でクレアに扮したヴィクトールが出迎えてくれた。シルヴィスと二人の時には口調がヴィクトールに戻るので、なかなか器用だなと思う。

ちなみに「ドートリッシュ伯爵令嬢クレア」なる娘は実在するようだ。本人とは話がついているとのこと。

「バークリーの給金を上げてやらないとな。俺の伝言を正しく伝えてくれた。優秀だ」

「確かに、君の執事は優秀だ。きちんと仕事をする。その一方で君は楽しんでいたみたいだけどね」

シャツにスラックス、ぼさぼさの髪の毛から察したらしく、ヴィクトールが鼻を鳴らす。

「リリアーヌ嬢には今夜初めてお目にかかったが、なかなかの美人じゃないか」

リリアーヌと婚約すると告げてすぐに、ヴィクトールはリリアーヌのことを調べ上げていた。シルヴィスが熱心にリリアーヌの実家に支援していることも、さっさと囲い込んで外に出さないようにしていたことも知っている。

「どうせ捨てる娘に対して『初恋の女性』とはね。君の良識を疑う」

「要するに、気に入らないんだな。俺のやり方が」

シルヴィスはヴィクトールを睨み返した。

「要するに、そういうことだ。君の行動に不安を覚える。あの娘もだ。僕の挑発程度で動揺していた。ティアナの相手ができるとは思えない」

「どうして彼女を試すようなことをする？　彼女はバイオリンの名手でティアナの気を引ける。それにグローセル伯爵家には政治的な力がないから、ティアナが警戒しない。彼女はとても条件がいいんだ」

「その程度の条件なら、本物の令嬢を使う必要なんてなかった気がする。こちらが用意した役者で十分だったんじゃないか」

「……だったらどうして最初にそう提案しなかった。俺の作戦に許可を出したのはおまえだろう。それに誰を使うにしても、おまえの情報は出せないんだから、騙すことになる」

シルヴィスの指摘に、「まあ、そうだね」とヴィクトールが頷く。不満があるのか、明らかに納得していない顔をしている。

「シルヴィス、僕には時間もなければ味方も少ない。異国から戻ったばかりで右も左もわからない君にすがらないといけないくらいだ。自分が不甲斐ないよ」

言うだけ言うと、ヴィクトールは立ち上がって部屋から出ていった。

リリアーヌを巻き込んだひずみが、すでに出てきている。

どう帳尻を合わせるべきだろうか。大切なのはリリアーヌの安全だ。そこだけは絶対に譲れない。けれど「ティアナに近づく」という作戦に、リリアーヌは必要不可欠だ。

一人取り残されたシルヴィスは大きく息を吐くと、応接間のソファにどかっと座り込み、髪の毛をかきむしった。

＊＊＊

舞踏会の翌々日の昼下がり。

シルヴィスは人と会う約束があるということで不在につき、一人で午後を過ごしていたリリアーヌを、一人の女性がたずねてきた。

リリアーヌを呼びに来たバークリーが「もし、いやな気持ちになられましたらすぐにわたくしめをお呼びください」と念を押して応接間に通してくれた理由は、すぐにわかった。

「こんにちは。リリアーヌ様」

そこにいたのは舞踏会でリリアーヌを挑発してきた麗しき伯爵令嬢、クレアだった。応接セットのソファから立ち上がり、優雅に礼をする。

今日は濃紺の生地に小さな花がいくつも描かれているデイドレスを着ている。長い髪の毛は緩くひとつに束ねて胸元に垂らし、先日とは打って変わって落ち着いた雰囲気だ。

ただ、落ち着いた装いだからといって、彼女のすごみがある美しさが損なわれているわけではない。

「こんにちは、クレア様。お忙しい中わざわざお越し下さり、ありがとうございます」

「いいのよ。どうぞお掛けになって」

なぜかクレアが促す。リリアーヌはクレアの正面に座った。

「単刀直入に申し上げるわ。あなた、シルヴィスからなんと言われて婚約者になったの？」

「……え？」

クレアの言葉に、リリアーヌはぽかんとなった。そんなリリアーヌにクレアが美しい眉をひそめる。

「シルヴィスから何も聞いていない？」

「……聞く、って、何を……？」

「あなたにやってもらいたいこととか、あなたに頼みたいこととか、そういうことよ」

「私にやってもらいたいこととか、頼みたいこととか？」

クレアの言葉をおうむ返しに呟き、リリアーヌは記憶をたどってみた。

なんと言われて婚約したかといえば、父がシルヴィスに借金をしてしまったのがきっかけではあるが、あれはシルヴィスがリリアーヌを逃がさないための囲い込み作戦の一種であったことを明かしている。

——普通に好きだと言われて婚約した気がする……。

ほんの二日ほど前、その気持ちを疑ったせいでシルヴィスに抱かれる羽目になってしまった。

ふと、あの夜のことを思い出してズクリと下腹部の奥が疼いた。

——だめだめ、思い返したらだめ！

「バイオリンを聴かせてほしい、とは言われました」

リリアーヌは淫らな思い出を頭から締め出して、冷静に聞こえるよう気を付けながら答えた。

「バイオリン？」

クレアが険を含んだ声で聞き返す。

「ええ。私は覚えていないんですけれど、小さい頃、シルヴィス様にバイオリンを聴かせる約束をしたらしくて」

「小さい頃……ということは、あなたたちはもともと知り合いだったの？」

「そのようです」

「ということは、シルヴィスが一方的にあなたを覚えていて……国に戻ってきて、再会して、あなたに求婚した、と？」

「そうおっしゃっておりました」

リリアーヌの返事に、クレアが呻いて天を仰ぐ。

「そう。もういいわ」

そう言ってクレアが立ち上がる。

「待ってください。もういいって、どういうこと？　あなたは何をしに来たの。あなたは何者なの⁉」

非難の色がこもったリリアーヌの声に、クレアもかちんときたらしい。

「シルヴィスには大切な仕事をお願いしているの。最近、熱心に誰かを口説いている様子が見られたのも、そのために行動しているのだと思っていた。でも違ったみたい。このままでは取り返しがつかなくなってしまう。それじゃ困るのよ！」

クレアが目を吊りあげ、まくし立てるように言う。なんのことだかさっぱりわからない。

ただ、クレアとシルヴィスがただの幼なじみではないことはわかった。

――先日の舞踏会も、今日の面会も、ただ私を見に来たわけではないのね。

そしてシルヴィスは、クレアの依頼に応えるために自分を口説いていたのだ。シルヴィスから求婚された時に感じた、もやもやの答えが見つかった気がした。

彼は否定したけれど、やはり、思惑があって近づいてきたのだ。

「何が起きても恨まないでね、リリアーヌ様。こっちだって命がかかっているのだから」

クレアが言い残してドアに向かう。

「お待ちください！」

リリアーヌも立ち上がり、大きな声で立ち去ろうとするクレアを呼び止めた。

「どういうことなのですか？　わかるようにおっしゃってください。何が起きても恨まないでって、どういうことですか？　あなたは何をしようとしているの？」

「それは言えないわね。ただひとつ言えるのは、悪いのはあなたではなくシルヴィスだということよ。すべてあの男がいい加減なせいだわ」

立ち止まり、顔だけ振り向けたクレアが言う。

その言葉にリリアーヌは石で頭を殴られたような衝撃を受けた。

動かなくなったリリアーヌを認めると、クレアは背を向けて応接間から出ていった。ドアの外でバークリーの名を呼ぶ。

慣れた感じから、クレアはここへは何度も来たことがあるに違いない。「悪いのはシルヴィス」と言いきれるあたりもそう。

いた。

シルヴィスとの距離の近さを見せつけられて、心がざわめく。

シルヴィスとの出会いから婚約までの流れが早すぎることが、ずっと心にひっかかっていた。

シルヴィスの行動と「初恋の人を逃がしたくなかった」という言葉は、筋が通っているように見える。けれど、やはりおかしい。

エルデ侯爵家はグローセル伯爵家よりも格が上の家柄。そこから正式に結婚の申し込みがあった場合、リリアーヌに拒否権はない。賭博で父を追い込む必要なんてないのだ。

ここから考えられるのは、シルヴィスは早急に婚約者を確保する必要があり、その婚約者はいつでも切り捨てられるほうが助かる、ということ。

そしてその条件にたまたま当てはまったのが、リリアーヌなのではないか？

シルヴィスはリリアーヌの幼い頃を知っているようだが、リリアーヌは覚えていない。幼いからだと思っていたが、嘘をつかれている可能性だってある。

そんな回りくどいことをしてまで、リリアーヌを騙さなくてはならない理由とは。

――そんなの、クレア様の依頼に応えるため、よね……。

どんな依頼かはわからないが、シルヴィスはクレアのために、こんな手の込んだことをしてのけた。シルヴィスにとってクレアはそれほど大切な存在だということだ。

ずっと気になっていたことがつながった。

ズキリと胸の奥に痛みが走る。

実家を支援したり、ドレスをプレゼントしてくれたりと、シルヴィスはリリアーヌを大切にする素振りが見られた。

――あれは私のことが好きだからではなく、単に私を懐柔することが目的だったの？

自力で稼ぐ手段を持たない貴族の令嬢にとって、結婚は人生を左右する問題である。

こちらはシルヴィスを信頼して人生を預けたのに、シルヴィスはリリアーヌを利用するために近づいてきたのだ。

そう気付いた途端、リリアーヌの空色の瞳から涙が零れ落ちた。

好きだと。初恋だと。絶対に手に入れたかったのだと。そう言ってくれたけれど、それすらも「自分に逆らえない花嫁」を手に入れるための方便だったのだろうか。

信じたいのに、信じ切ることができないのは、シルヴィスがリリアーヌに隠し事をしているせいだ。彼は何か隠している。リリアーヌにも関わる何か、重大なことを。

――私ったら、ばかみたい。

シルヴィスに好きだと言われて舞い上がって、彼に貞操を捧げてしまった。

リリアーヌにとって貞操とは、生涯を共にする人に捧げるべきものだ。

そのつもりでシルヴィスに捧げたのに、なんということだろう。

心を踏みにじられた痛みに、涙が止まらない。

——でも、クレア様の話が本当かどうかはわからないわ。私が目障りで嫌味を言いに来ただけかもしれない。

そう思おうとしたが、できなかった。心がぐちゃぐちゃで悪いことしか考えられない。

——ここにいてはいけない。少し離れて、冷静にならなくちゃ。

どこに行けばいいのだろう。実家はだめだ。すぐに見つかってしまう。それにシルヴィスの気配がする。行くなら、シルヴィスの気配がしない場所がいい。そう思って頭に浮かんだのは、数いる友達ではなくなぜかリリアナだった。

特に親しいわけではないが、リリアナのもとに行きたい。第三者であるリリアナに冷静に判断してもらいたい。行き先は誰にも知られたくない。

——歩いて人通りの多い場所まで行って、辻馬車を拾えばいいわ。

リリアーヌはそう決めると、そっと応接間のドアを開けた。バークリーはクレアの見送りのため、玄関の外にいるようだ。玄関ホールには誰もいない。

息を押し殺して玄関ホールを突っ切り、二階へと駆け上がる。

自室の机の引き出しに放り込んである硬貨を何枚か握り締めると、人の気配を探りながら再び階下に降り、使用人たちが使う裏口から建物の外に出た。

幸いなことに、誰ともすれ違わなかった。

使用人用の通用門から表に出ると、リリアーヌは足早に歩き始めた。

＊＊＊

リリアーヌがタウンハウスを出ていく少し前。

シルヴィスの姿は王都の図書館にあった。いつもヴィクトールと会う時に使う図書館だ。今日は談話室ではなく、閲覧室で古い新聞を広げていた。

午後一番で人と会う約束をしている。人と会うのに図書館は便利だ。いろんな人が利用するから、人と話していても不自然ではない。それに、ここにはシルヴィスが知りたい情報が詰まっている。

十三歳から二十三歳までの十年間を異国で過ごしたこともあるし、母の遺骨を引き取ったあとは国を出て行くつもりだったから、この国のことに本当に疎い。

王宮の腐敗ぶりは遠くキルワースにいても聞こえていたが、国を捨てるつもりでいたから他人事だった。けれど、リリアーヌと再会して、他人事ではなくなってきた。

もしリリアーヌを連れて国を出ても、リリアーヌの家族はこの国に残る。今は平穏に暮らしている彼らに、どんな魔の手が伸びてくるかわからない。

「こんにちは、エルデ卿」

不意に後ろから声をかけられた。振り向くと、スーツ姿の壮年の男性が立っている。

「こんにちは。休みの日なのに、わざわざありがとうございます、ケリガン団長」

シルヴィスは立ち上がり、ケリガンとともに閲覧室から談話室に移動した。テーブルと椅子しかない談話室は寂しく、ここで談話する人間はほとんどいない。今日も無人だ。

「休みのはずだったんですけどね。薬物中毒者が暴れて団員にけが人が出てしまい、急遽、出勤となりました。今朝まで当直で詰めていたから、これでは体がもちません」

「大変ですね。……そんなに深刻な状態になってきているんですか」

シルヴィスの問いかけに、ケリガンが頷く。

黒い髪の毛に白いものが混じり始めたケリガンは、王都の治安を守る黒騎士団の団長だ。ヴィクトールの依頼に関わるようになった春先、個人的にパラディスの蔓延ぶりとその出所を調べていた時に出会った。

何度か話すうちに、ケリガンを始めとする黒騎士団が体制への不満を抱いていることがわかった。パラディスの出所はつかめないまま、犯罪は増える一方。団員たちの消耗も激しいとあれば、体制への不満が渦巻くのも当然だ。

ヴィクトールもケリガンと接触済みであり、情報は共有しているということだ。

「この数か月で急激に悪化してきています。これほど薬物汚染が進んでいるのに、国が対応しないなんておかしいですよ。船で入ってきているのは間違いないのですから、港でしっかり荷を改めれば、こんなことにはならないはずなのに」

ケリガンがため息をつく。

現在、王都ラーデンはすっかり薬漬けにされているといっても過言ではない。

五十年前、異国から持ち込まれたその薬草は「万能薬」という触れ込みだった。お茶にして飲めば体の痛みが取れて、憂鬱な気分も晴れ、元気になる。お香として焚いても効果がある。

もともと遠い異国の限られた地域でしか採れないため、薬草には高値がついた。使えるのは貴族だけだった。だから貴族の間で、その薬草は大流行した。まるで楽園にいるみたいな気持ちになれることから、その薬草は楽園を意味する「パラディィス」と呼ばれた。

老いも若きも男も女も虜になったが、すぐにパラディィスが万能薬でないことが露呈する。効果が切れると誰もが我を忘れ、暴力的になったからだ。

パラディィスには中毒性があった。多くの人がパラディィスを求め、パラディィスは高騰した。パラディィスのせいで財産を失う者も、犯罪に手を染める者も出てきた。

社交界はめちゃくちゃになり、一時は国政すら止まってしまうほどに混乱したため、時の国王はパラディィスの輸入、所持、使用を厳しく禁止した。

今から五十年前の出来事だ。それ以来、パラディィスはこの国から姿を消した。

そのはずだった。

けれどそのパラディィスが再びこの国に現れた。それも前回を上回る規模と勢いで。今回は貴族ではなく庶民中心に広まっているからタチが悪い。

誰かが極秘裏に密輸している、なんてかわいい量ではない。国が取り締まりを放棄しているとしか思えない量である。だからパラディスの所持者をつかまえ、出所を聞いても意味がない。

それは氷山の一角でしかなく、「本当の出所」には決してたどり着けないようになっている。そんなことができるのは権力者だけだ。

みんな誰が黒幕なのか気が付いている。

だが証拠がない。黒幕がすべて握りつぶしてしまっているためだ。

それに黒幕を怒らせたら、どんな報復を受けるかわからない。

そんな時間が長く続き、不満を募らせている人間も増えてきている。

証拠さえつかめれば、ヴィクトールがすべてをひっくり返すことは不可能ではないだろう。……そう、証拠さえあれば。

「自分の無力さが恨めしいですね。王宮にいる方たちは自分たちさえよければ、下々がどうなってもかまわないんでしょうか」

ケリガンが窓の外に目をやる。その視線の先にあるのは王宮だ。

「そうなのかもしれない」

ケリガンに釣られるように、シルヴィスも窓の外に目を向けた。ここからだと王宮は、建物の一部しか見えない。

「長居していると遅刻してしまいますので、私はこれにて」

ケリガンがそう言って軽く礼をし、談話室から出ていく。その後ろ姿を見送ったあと、シルヴィスは再び視線を窓の外に戻した。

――クレッツェン兄妹がパラディスに関わっている証拠さえつかめれば、この国の状況はよくなるはず。

少なくともクレッツェン兄妹による腐敗政治は一掃できる。そのためにはやはり、リリアーヌを使うのが手っ取り早い。ヴィクトールも黒騎士団も近づけない国王の寵姫に、リリアーヌなら近づける。

ティアナと薬物のつながりを示す証拠がつかめれば、あとはヴィクトールの出番だ。

そうすればヴィクトールは約束通り、自分の希望をかなえてくれるだろう。爵位を放棄し、エルデ侯爵家の財産を処分し、この国から出ていけるようにしてくれるだろう。

そうすれば長年の夢だった父への復讐がかなう。

――俺はいい。でもリリアーヌは？

リリアーヌをこの国から連れ出すのは現実的ではない。それにリリアーヌは「エルデ侯爵」と結婚するつもりでいるから、爵位の放棄も……現実的ではない。

では、爵位を放棄せず、このまま「エルデ侯爵」でいることを選べば？

それはシルヴィスの念願だった復讐の放棄を意味する。父の言いなりになるのはいやだと思っていた、まさにその人生を歩むことになる。

今でも父のことを思い出すと、どす黒い感情が胸に渦巻くのだ。その道を選んだあとで、自分は正気でいられるだろうか。父への憎悪がリリアーヌに向かうようなことにはならないだろうか。

わからない。自信がない。

ふと気づくと、あたりがずいぶん暗くなっていた。窓から吹き込む風に冷気が混ざる。

一雨降りそうだ。

＊＊＊

――失敗したかも……。

リリアーヌはどんどん暗くなる空を見上げて思った。

タウンハウスを出た時はまだ空が青かった。なのに、あっという間に雲が広がってきて冷たい風が吹き始めたのだ。すぐに雨が降り出すに違いない。

――大丈夫、速く歩けば大通りまではすぐよ。

そう思って早足で歩いているリリアーヌの前に、ぬっと大きな人影が現れる。通行人かと思って避けようとしたリリアーヌを通せんぼするように、その人物はリリアーヌの前に立ちはだかった。

王都ラーデンの中心部はモディア川という大きな川が流れており、王宮がある川の北側に貴族や裕福な商人などの上流階級が、南側に労働者階級や貧困層が住んでいる。

かつては端に門が設けられ、南側の人間は気軽に北側に入れなかった。今はその門も撤廃されているが、北側は黒騎士団が重点的に見回っているので、比較的治安がいい。メイドと二人で歩いていても、この地域内なら身の危険を感じたことは一度もなかったのに。

「これはきれいなお嬢さん。一人でどこに行くんだい？」

その治安がいいはずの地域で、汚れた身なりの中年の男に声をかけられた。

建物の間の狭い通路からゆらりゆらりと、何人もの似たような格好の男が出てくる。

王都の北側でこんな服装の人間など、見たことがない。

「友達を訪ねるだけです」

初めて見るタイプの人間におののきながら、リリアーヌはできるだけ冷静な声を出した。

「女一人じゃ危ないだろう。送ってあげよう」

「一人で大丈夫です。すぐそこですから」

近づかれたことで漂ってきた饐（す）えた体臭と、嗅いだこともない甘ったるいにおいに、内心「うっ」となりながらも、リリアーヌは精いっぱい落ち着いて答えた。

騒げば相手を刺激してしまう。それくらいはわかる。

「まあそう言わずに」

「本当に大丈夫です。では失礼しま……わっ」

男を無視して駆け出そうとしたリリアーヌの腕を、近づいてきた男がつかむ。

「やめて！　離して！　誰か……！」

声を上げようとしたら、男の手が伸びてきてリリアーヌの口を押さえ込んだ。

「それにしてもきれいな女だなあ」

「貴族のお嬢さんかな」

「貴族のお嬢さんが一人で歩くわけがないだろう。だが上等な服を着ているな」

ゆらりゆらりと近づいてきた男たちがリリアーヌを囲い込み、口々に言う。みんなどこか虚ろな目をしており、先ほど嗅いだ甘ったるいにおいが強まる。

「暴れると面倒だな」

「路地の奥に連れ込んでパラディスを嗅がせれば、おとなしくなるさ」

別の誰かが言う。そんな場所に連れ込まれたらきっと、無事ではいられない。リリアーヌは精一杯体を突っ張らせたが、体格差があるためほとんど意味がなかった。

「何をしている」

抵抗もむなしく、男たちに引きずられて行きかけた時だった。

凛とした声が響き、男たちの動きが止まる。

「その娘をどうする気だ。離せ」

目を向けると、そこには馬に乗った黒い騎士服姿の壮年男性の姿があった。軽やかな仕草で馬から降り、リリアーヌたちの前に立つ。

制服に飾りがたくさんついているし、やけに風格がある。後ろも馬に乗った数人の騎士の姿。こちらは制服の飾りも少なくて、みんな若い。

王都の治安を守る黒騎士団だ。警邏中だったのだろう。

「捕らえろ」

男性の指示を聞いた途端、男たちはリリアーヌを突き飛ばすと、一斉に反対方向へ向かって走り始めた。男たちを、馬に乗ったままの若い団員たちが追いかけていく。

「大丈夫ですか。何かあの男たちにされました？」

指示を飛ばした騎士がリリアーヌを抱き留め、聞いてくる。

「い、いえ、大丈夫です。ただ……びっくりしてしまって」

「どちらに向かおうとされていたのかはわかりませんが、女性の一人歩きは危険です。もうじき雨が降り出します。家にお送りしましょう。馬には乗れますか？」

騎士に言われ、リリアーヌは空を仰いだ。頭上にはいつの間にか鉛色の雲が立ち込めており、いつ降り出してもおかしくない。

「家……」

エルデ侯爵家のタウンハウスには帰りたくない。かといって、じきに雨が降りだそうという中、リリアナを訪ねていくのも気が引ける。

グローセル伯爵家のタウンハウスに送ってもらおうか。しかしそうすると、父や妹たちが心配するし、すぐにシルヴィスに連絡が入るだろう。

シルヴィスには会いたくない。

「リリアーヌ！」

どうするべきか迷っているところに、今一番聞きたくない声が聞こえた。振り向くと、シルヴィスが馬に乗って駆けてくるのが見えた。

路地の方から「団長、全員確保しました」という報告が飛んでくる。どうやら、リリアーヌを抱きとめてくれた人物は黒騎士団の団長らしい。一人だけ年上なのも、風格があるのも、そのせいだったのか。

「あれはエルデ卿ですね。ということは、あなたはエルデ卿の婚約者殿でしたか」

団長が呟く。それには答えず、リリアーヌは近づいてくるシルヴィスを呆然と見つめた。

外出用のスーツ姿。乗馬をする格好ではない。

リリアーヌの不在に気付いて、慌てて馬に乗って探していたのだろう。

「無事か、リリアーヌ！」

シルヴィスが馬から飛び降りて駆けつけ、リリアーヌを抱きしめる。

「どうして何も言わずに勝手に出ていくんだ！　みんなで探したんだぞ！」

予想通りだ。

「エルデ卿、最近はこのあたりも物騒になってきましたので、婚約者殿はもちろん、お屋敷の方々にも注意するように言っておいてください。我々も見回りを増やしていますが、おそろしい勢いでパラディスが蔓延していて、この有様ですよ」

団長はそう言うと、踵を返して団員がつかまえた男たちの様子を見に行ってしまった。

「よかった。長居は無用だ、帰ろう」

「いやです」

「いや？　なぜだ。……雷が鳴っている。すぐに雨が降り出すから馬に」

「いやです。帰りません！」

「だから、なぜだ」

駄々をこねるリリアーヌにシルヴィスが苛立つのがわかった。

「そんなの、あなたが一番わかっていらっしゃるのではないですか⁉」

往来のど真ん中で言い合いなんてするべきではない。そんなことは百も承知だが、叫ばずにはいられなかった。

「あなたは私に嘘をついていた！」

リリアーヌの叫びに、シルヴィスが息を呑む。

「私は……私は……っ」

頭上で雷鳴がとどろき、ぽつぽつと、大粒の雨が地面に落ち始める。

騎士団が男たちをつかまえて移動していくと、あたりには誰もいなくなった。

「私は、あなたの気持ちが嬉しかった。私のことを想ってくれているんだと。でも違った！　あなたは私を利用したいから優しくしていただけだった！」

降り出した大雨の音に負けないよう、リリアーヌは大声をあげた。

冷たい雨に混ざって涙が頬を伝い落ちる。

もともと結婚には甘い夢なんて持っていなかった。困窮していく実家を支援してくれて、リリアーヌを蔑ろにしない。そこに愛はなくていい。そう思っていた。

でもシルヴィスに好きだと言われ、求められ、リリアーヌの気持ちはシルヴィスに傾いていった。シルヴィスと一緒にいたいと思った。この人と生きたいと。シルヴィスによく似た子どもにバイオリンを聴かせてとねだられる、そんな未来を夢見た。

「クレア様は、シルヴィス様に大切な仕事を頼んでいるとおっしゃっていた。誰かを熱心に口説いているのはそのためだと思っていた、って」

リリアーヌは雨と涙に濡れた目で、シルヴィスを睨みつけた。

「ずっと変だと思っていたのよ、お父様をカードゲームで負かせて結婚話を持ってきたことや、特に得るものがないのに私を選んだことを」

「それは」

「私を逃がさないためでしょう？　私がクレア様の頼み事に都合がいいから！　でもクレア様は、私ではご不満みたいね。……なんなの、一体何がしたいの⁉　初恋の人だなんて吹聴(ふいちょう)してまわって、私を笑い物にしたいの⁉」

「違う！」

　大雨に打たれながらシルヴィスが叫ぶ。

「リリアーヌは俺にとって初恋の人だ。卑怯な手段を使って手に入れたことは謝る。だが俺の気持ちに偽りはない。逃がしたくなかったんだ、どうしても」

「じゃあ、クレア様は何をしに来たの？　あなたとクレア様って、どういう関係なの⁉　大切な仕事って何！」

「クレアはただの依頼人だ」

　クレアにも腹が立つが、そんなクレアをなんとかしてくれないシルヴィスにも腹が立つ。

「嘘よ！　あの方はシルヴィス様のことが好きなんでしょう！　だから私のことが許せないんだわ」

「あいつが俺のことを好きなわけがない！」

「どうしてそう言い切れるの！」

「だってあいつは……！」

何かを言いかけて、シルヴィスがはっと我に返る。クレアをかばった。リリアーヌにはそう見えた。

「もういいわ！　私は実家に帰ります！」

「待て、リリアーヌ！」

踵を返したリリアーヌの肩をシルヴィスがつかむ。

リリアーヌはその手を盛大に払いのけた。

「だったら本当のことを教えて！　あなたは私に何を隠しているの？　あなたは誰？　私に近づいた目的は何？　クレア様は何者？　クレア様の依頼って？」

早口にまくし立てるリリアーヌの前で、シルヴィスが奥歯を嚙みしめるのがわかった。雨は激しさを増し、地面を打ち付ける。声を張り上げないとお互いの言葉も聞こえない。真夏とはいえ、ずぶ濡れになるとさすがに寒い。

「俺の望みはエルデ侯爵家を潰すこと。爵位を返上してこの国を出るつもりでいたが、法律のせいでそれができない」

シルヴィスの絞り出すような声音に、リリアーヌは目を瞠った。

「クレアは、王太子ヴィクトールの代理人だ。ヴィクトールは今、国王の寵姫ティアナが違法薬物を扱っている証拠を探している。証拠探しに協力すれば、エルデ侯爵家を潰す手

助けをしてやると言われた」

「……クレア様は、ヴィクトール殿下の代理人？」

予想もしていなかったクレアの正体に、リリアーヌは呆然となった。

「だから社交界で花嫁探しと見せかけて、令嬢たちからティアナの情報を集めていた。そんな時にバイオリンを弾く令嬢の噂を聞いた。見つけた令嬢は、俺の探していたリリだった。あなたは本当に俺の初恋の人だ。逃がしてはいけないと思った」

たくさんの令嬢たちと仲良くしていたのは、リリアーヌを探すためではなかったのか。

「令嬢たちはそれほどティアナのことを知らない。もう少しティアナに近い人々に近づく必要があった。そのために婚約者が必要だとヴィクトールに説明した。クレアはヴィクトールの代理人として、リリアーヌを見に来たんだ」

「じゃあ、クレア様と幼なじみというのは嘘なのですね」

「そう、だな……」

シルヴィスが歯切れ悪く認める。

「……どうして、家を潰したいのですか」

土砂降りの中、リリアーヌはシルヴィスにたずねた。

「……俺の父が、母を……見殺しにしたからだ」

シルヴィスが呻くように言う。

「父にとって母は世継ぎを産む道具でしかなかったし、俺も自分の跡継ぎという道具でしかなかった」

シルヴィスは一瞬ためらうようなそぶりを見せたあと、口を開いた。

語ってくれたことによると――

小さい頃のシルヴィスは体が弱く、父親にとっては期待外れだったのだという。出来損ないを産んだ母親ともどもいらないもの扱いされ、別荘で育ったのだそうだ。リリアーヌと会ったのはこの時期らしい。

確かにバークリーもアルマも、シルヴィスの両親は早くに別居したと話してくれた。だが彼らは事実しか教えてくれなかったので、こんな過去があったとは知らなかった。

その後、体が丈夫になってきたシルヴィスは、ある日突然父親に連れ去られるように引き取られ、そのまま異国への赴任に連れて行かれた。突然の別れから一度も、母親とは会っていないし、連絡も取っていない。父親が許さなかったから。

母親の訃報を受け取っても、帰国が許されなかった。母親は侯爵家の墓に入れてもらえず、ひっそりと共同墓地に葬られた。

その後、母親からシルヴィスに宛てた手紙の束が本国のエルデ家から転送されてきた。

父親の指示でずっとシルヴィス本人には届かないようになっていた手紙の束は、遺品になってようやく転送が許されたという……――

　雨に打たれながら淡々と語るシルヴィスを、リリアーヌもまた雨に濡れながら見つめていた。時々、シルヴィスの声が震えていたのは、雨に濡れて寒いからばかりではないと思う。そんな気がする。

「父は俺にエルデ家を頼むと言って死んだ。だから家を潰すことにした。母を見殺しにした父への最大の復讐（ふくしゅう）がそれだと思った……だが、法律のせいでできなかった」

「……そこに、ヴィクトール殿下が現れた」

「ああ」

　シルヴィスが頷く。シルヴィスが黙ってしまうと、あたりは激しい雨音だけになった。

　リリアーヌは雨に打たれながら、シルヴィスの話を整理しようとした。一気に話されたせいで、頭が混乱する。

　――つまり、シルヴィス様はお父様への復讐のために婚約者を探していた。そこに初恋の人だという私がいたから、私をその婚約者にすることにした……。

　復讐を遂げた暁には身分を捨ててこの国を出ていくつもりだったのだから、探していた婚約者というのはあくまでもティアナに近付く道具でしかなく、結婚する気はなかったのだろう。

　シルヴィスと婚約できる身分の娘が、そう簡単に身分を捨てて異国に行く決断を下せるわけがない。それは、リリアーヌだってそう。

「……だとしたら、私は？」

　リリアーヌは目を上げてシルヴィスを見つめた。

「私はどうするつもりなのですか？　私を使って、ティアナ様に近付いて、欲しい情報を得て……ヴィクトール殿下の希望がかなって、あなたの希望もかなうことになったら」

　シルヴィスもまたリリアーヌに目を向ける。雨に濡れた表情のない顔からは、何も読み取れない。

「私もあなたと同じ平民にして、異国に連れていくの？　あなたのもとにいる限り、グロ―セル家への支援は続けてくれるという話だけれど、それはどうなるの？　婚姻契約書もそうだけれど、あなたの計画の中に私の気持ちが含まれていないのはなぜなの!?　自分のものにしてしまったら、私はどう扱ってもいいと思っているの!?」

「思っていない！」

「あなたの言い分だとそうじゃない！　私はあなたの思い通りに動く人形ではないのよ！」

　叫びながら、リリアーヌは何が一番気に入らないのかを悟った。

　平民になることではない。異国に行くことでもない。もちろん、どちらとも今すぐ決断してくれと言われたら悩んでしまう。でも一番気に入らないのは、シルヴィスがリリアーヌにずっと嘘をついていたことだ。

けれど、リリアーヌの演奏に目を細めて聴き入る姿や、子どもたちにも聴かせてやりたいと言ってくれた姿までが演技だとは思えない。シルヴィスからは確かに真心を感じる。だからこそ悔しいいし、悲しい。

「……そういうことなら、私にも話をしてくれたらよかったのに……」

リリアーヌの言葉にシルヴィスが怪訝そうな顔をする。雨音で聞き取れなかったようだ。

「そういうことなら、妙な小細工をしないで私にそのまま話してくれたらよかったのに！」

「言えるわけないだろう、こんなこと！」

大声で言い直したリリアーヌに、シルヴィスが大声で言い返す。

それはそうだろう。部外者に口外できる内容でないことはわかる。

「だとしても、私の人生に関わることよ」

好きになった人に嘘をつかれていた。都合よく利用されようとしていた。それはとても悲しいことだ。けれど一方で、シルヴィスのちぐはぐな行動にようやく納得がいって安心した自分がいる。

利用するだけなら誰でもよかったはずだ。それでもリリアーヌを選んだのは、シルヴィスの気持ちが自分にあったからだ。

信じたい。信じられない。信じたくない。いろんな感情がごちゃ混ぜになって、頭が破裂しそう。

――私はどうすればいいの？　この人に対して、どういう態度を取ればいいの？

「そうだな。あなたを騙したことには違いない。……リリアーヌは、どうしたい？　せめてもの罪滅ぼしとして、俺はあなたの要求に従う」

シルヴィスが絞り出すように言う。

「婚約を破棄したいならそれでも」

「……破棄はしないわ」

シルヴィスが信じられないようなものを見る目で、リリアーヌを見つめる。

この人に利用されたのだ。婚約を破棄し、慰謝料を請求するべきだ。エルデ侯爵と婚約破棄なんてことになったら、もう二度と平凡な縁談など望めない。

「破棄はしない。……私は、あなたの力になりたい。だって、私はあなたが好きだから」

ぽろりとこぼれた言葉に、シルヴィスが目を見開く。

婚約を破棄し、高額な慰謝料を請求し、二度とシルヴィスには会わない。それが一番だとわかっている。わかっているけれど、やっぱりシルヴィスのそばにいたいのだ。シルヴィスにこれからもずっと、バイオリンを聴いてほしいのだ。

リリアーヌは自分の心の奥の本音を噛みしめながら、シルヴィスを見上げた。

「正直、身分や国を捨てることには抵抗があるわ。……家を潰す以外にも、お父様への復讐方法はあると思うの。一緒にその方法を探しましょう……探したうえで、家を潰すのが最善ということになったら……私もついていくから」

シルヴィスが俯いて歯を食いしばる。肩が震えている。

「一緒に生きましょう」

リリアーヌの提案に、シルヴィスが低い声で「ありがとう」と呟くのが聞こえた。

第四章

タウンハウスに戻ったあと、びしょ濡れ姿に驚いたメイド頭のアルマによって、二人とも風呂に追い込まれた。

そして部屋着に着替えたあと、リリアーヌは居間でシルヴィスと温かい飲み物を手に向かい合っていた。シルヴィスもシャツにスラックス姿だ。

窓の外は土砂降りの雨が続いている。

シルヴィスによると、図書館から戻ってきたら、リリアーヌの姿が見えなくなったとタウンハウスの中ではちょっとした騒ぎになっていたらしい。

馬車は呼ばれていないし、部屋もそのまま。

リリアーヌは着の身着のままで、タウンハウスを出て行った可能性がある。

使用人たちが慌てるのも道理で、貴族の屋敷が集まっている周辺も治安が急激に悪化しているからだった。慎重なリリアーヌが一人で出ていくということは、リリアーヌはそのことに気付いていないということである。

リリアーヌがいなくなる直前にクレアが訪れていたと聞き出したシルヴィスは、すぐさま馬に飛び乗って、まずは実家のグローセル伯爵家に向かった。だがリリアーヌは戻ってきていないという。

慌てて引き返して周辺を探し回っていたところで、黒騎士団の集団を見つけた。近づいてみたら、それがケリガン団長に保護されたリリアーヌだった、ということらしい。

——私が婚約云々で浮かれている間に、世の中がこんなにも変わっていたなんて知らなかったわ。

そしてリリアーヌは、シルヴィスが社交界で集めた「国王の寵姫ティアナ」の話を聞いていた。

シルヴィスの復讐がどのような形になるかわからないものの、ヴィクトールの依頼に応えなければ始まらないということで、リリアーヌは当初の予定通り、ティアナに近付いて薬物関連の情報を集めて回ることにした。

クレッツェン伯爵夫人ティアナは、もともとは子爵家の生まれだという。幼くして両親を亡くしたティアナは兄のミハイルとともに、親戚であるクレッツェン伯爵に引き取られる。高齢のクレッツェン伯爵の妻はすでに亡く、子どももいなかったこともあって引き取ってくれたようだ。

そしてティアナが十代半ばを過ぎた頃、国王が隣国の王女と結婚することになり、王妃の侍女が募集された。

王妃の侍女は既婚者でなければならないという決まりがあるため、ティアナは養父の後妻となって王宮で働き始めた。同じ頃、ミハイルも優秀さを見込まれ、文官として出仕を始める。

ティアナと王妃とは年齢が近かったことから気が合ったらしく、信頼されるようになり、王妃の使いとして国王のもとへ行き来するようになる。当時のティアナは十代後半。国王が美しい娘の虜になるのに、時間はかからなかったようだ。

それでもお互い既婚者同士ということで、最初は人目を忍んでの逢瀬を繰り返していたようだが、王妃の出産を機に国王は王妃を遠ざけ、堂々とティアナをはべらせるようになる。

その様子に耐えられなくなった王妃が離宮に移ったのは、王太子が十歳になるかならないかの頃のこと。その頃にはすでにティアナは国王の子どもを三人ほど出産していた。

もともと隣国出身でこの国になじめなかった王妃は、夫からの仕打ちに耐えきれなかった、というのがまわりの見立てであるが、ヴィクトールはティアナが薬物を使ったと疑っている。

王妃を追い出し、名実ともに国王の寵姫となったティアナが真っ先にやったのは、「宮廷顧問」なる国王への助言役を作り出し、兄を抜擢したことだった。

国王は真っ先にミハイルへ相談をするため、ミハイル・ティアナ兄妹に反対する者はいつのまにか姿を消していた。

ただ、ティアナ自身は政治に関心がないようで、気の合う仲間を集めて趣味である音楽を楽しんでいる、というのはよく知られた話らしい。

シルヴィスとしては、この音楽好きのティアナの「気の合う仲間」にリリアーヌを加えられないか、少なくとも近づけて何か聞き出せないかと思っているとのこと。

「そうなると、私はまさにうってつけなんですね。シルヴィス様が利用できるかもと思うのも当然だわ」

リリアーヌはしみじみと呟いた。

そしてもうひとつの特徴として、ティアナは王都の南側、労働者階級が住んでいる地域にある、行くあてがない女性が駆け込む施設にせっせと寄付をしているのだという。

弱い立場の女性の保護活動以外には関心を示していない、というのがティアナの慈善活動の特徴だ。

「ティアナ様は、行くあてのない、かわいそうな女性を放っておけない、という考え方をお持ちなのですね。それなら、私にも付け入る隙があると思います」

「隙？」

リリアーヌの意見にシルヴィスが首をかしげる。

「私は借金を理由にシルヴィス様に買われています。没落寸前でどうすることもできなかった私は、あなたの言いなりになるしかありませんでした。ティアナ様が気になる『かわいそうな娘』の条件に当てはまります」

「だが、社交界では俺が初恋の人を見つけて、矢も楯もたまらずに求婚したという話が広まっている。『かわいそうな娘』との設定と齟齬が生じる」

「いいえ、大丈夫です。シルヴィス様と私とでは認識が異なるだけですから。シルヴィス様はお金で初恋の人を手に入れた。私は好きでもない人に買われた。あながち嘘でもありませんし」

「あながち嘘でもない……」

シルヴィスが傷ついた顔をするので、思わず笑ってしまう。

「もちろん、今は違いますよ。出会った時の話です」

微笑んで答えたリリアーヌに、シルヴィスが手にしていたカップを置き、手招きをする。

リリアーヌもテーブルにカップを置いて、シルヴィスの手招きに応じた。

「まあ、そう思われてもしかたがないことをしたと思っている」

「自覚があるのは、いいことですね。この方向から近づけば、ティアナ様のお仲間ではなく、ティアナ様本人に近づけると思います……わっ」

シルヴィスの座るソファに近づくと、腕を引っ張られる。気が付くと、シルヴィスの膝をまたぐようにして彼の上に腰を下ろしていた。

「お、重たいのでは？」

「全然。……リリアーヌがどこにも行かなくて、本当によかった」

シルヴィスがリリアーヌを抱き寄せたかと思うと、首筋に顔をうずめながらしみじみと呟いた。

「婚約を解消されてもしかたがないと」

「あら、この婚約は破棄できないでしょう？　グローセル伯爵家への支援と引き換えなのですから」

「俺に瑕疵（かし）がある場合はその限りではないだろう」

「そんなことは契約書のどこにも書いていなかったと思いますが」

「一般常識だよ」

肌に囁かれたせいで、ざわめきが体中に広がる。

「どういうわけか、あなたのことになると我を忘れてしまう。自分でもどうかしていると思っているが、気持ちを抑えられない」

シルヴィスの大きな手が背中を撫でる。首筋にかかる吐息が、頬に触れるシルヴィスの髪の毛が、くすぐったい。

シルヴィスはただリリアーヌを抱きしめて頬ずりしているだけだ。なのに、触れられた部分からゾクゾクと体中にざわめきが広がる。

話の流れから、シルヴィスには性的な意図などないはずだ。そう思うのに、なぜゾクゾクしてしまうのだろう。

──こんなふうに触られるのは、あの夜以来だからだわ。

初めて体をつなげた夜のことを思い出す。大きな手に直に触れられた心地よさはまだはっきりと覚えている。

「……んんっ……」

シルヴィスの指先が背筋をなぞった瞬間、我慢できずに声がこぼれてしまう。

リリアーヌの変化に気付いたらしい。シルヴィスの指先がリリアーヌの弱い場所を探り始める。

「リリアーヌ？」

体を震わせて耐えるリリアーヌをシルヴィスが覗き込む。恥ずかしさに身じろぎした瞬間、尻の下に何か硬いものが当たることに気付いた。

ゾクゾクしているのは自分だけではないらしい。それがわかると、どうしようもないくらいシルヴィスに対して愛しさがあふれてくる。

けれどシルヴィスは背中を撫でるだけだ。リリアーヌの中にもどかしさが募る。

シルヴィスはリリアーヌの反応を楽しんでいるだけの可能性は高い。でもシルヴィスがしびれを切らすまで我慢できない。

少し考えて、リリアーヌからちゅっとシルヴィスの唇に口付けをした。女性から積極的に動くというのはどうなのだろうとは思ったが、シルヴィスなら受け入れてくれそうな気がした。

唇を離してシルヴィスの顔を見ると、シルヴィスが固まっている。

やはり女性から動くのははしたなかったかと思った刹那、シルヴィスがリリアーヌの腕を摑んで引き寄せ、嚙みつくように口付けてきた。

「ふ……う……っ！」

差し込まれる舌に自分に舌を絡める濃密な口付けに、思わず声が漏れる。これが欲しかったのだ。こんなふうに口付けてほしかった。

シルヴィスの手がリリアーヌのデイドレスの背中のホックにたどり着く。もどかしそうにひとつひとつを外していき、当たり前のようにその下に着けているコルセットの紐も解いていく。

女性の衣装は基本的に体に巻き付けたあと、背中で閉じるようにできている。逆に言えば、背中の締め付けが緩めばあっさりとすべてを晒すことになる。

シルヴィスがほんの少し引っ張るだけで、デイドレスの上身頃もその下のコルセットも滑り落ち、リリアーヌの乳房がシルヴィスの前にあらわになった。

シルヴィスがためらいもなくリリアーヌの乳房にしゃぶりつく。

「ああ……っ」

敏感な先端を咥えこまれた途端、リリアーヌはシルヴィスにしがみつきながら背中をそらせた。ビリビリと体中に甘い刺激が走り、体の奥が疼き出す。

シルヴィスの手がリリアーヌの腰を摑んで引き寄せる。脚の間にぐり、と硬いものが押し付けられた。

ソファに座ったシルヴィスにまたがり、上半身だけ裸になってそのシルヴィスに乳房をもてあそばれながら、下半身は着衣のままお互いの昂ぶりをこすり合わせ続ける。何枚もの布があるため刺激は弱めで、じれったさが募る。

「シ……シルヴィス様、もう……っ」

耐えきれなくなったリリアーヌが潤んだ目で懇願すると、シルヴィスはようやく乳嘴への愛撫をやめて顔を上げた。シルヴィスの目にも欲情の色がにじんでいる。

「下がじっとり濡れてきている気がする。確かめないと」

シルヴィスがスカートをたくし上げてリリアーヌの太ももを撫でた。びくりと体を震わせた隙に、長い指が下穿きに差し込まれる。

「ひうっ……」

少し冷たい指先がリリアーヌの秘所を撫でた瞬間、自分でも思いがけない声が出てしままった。

「びっしょりだ。リリアーヌはここが弱いんだな」

シルヴィスがリリアーヌの胸に目をやる。

「……わ、私ばっかり、恥ずかしいわ……」

「そんなことはない」

シルヴィスがリリアーヌに腰を上げるように促す。リリアーヌがシルヴィスの肩に手をそえて体を支えながらソファの上に膝立ちすると、その隙にシルヴィスがスラックスのベルトを緩め、前をくつろげた。

さらにシルヴィスがリリアーヌの下穿きに手をかける。シルヴィスが促すまま片膝を上げたため、小さな布の片脚だけが抜かれた。

布越しにそうではないかと思っていた通り、シルヴィスの肉杭が飛び出しそそり立つ。先端の孔からは露がにじみ出していた。

「リリアーヌがあんまりにもかわいいから、俺のほうも大変なことになっている」

シルヴィスがあらわになったリリアーヌの尻を撫でながら囁く。シルヴィスの言い草からどうやら男の人も興奮すると内側から露があふれるらしい、と知る。

シルヴィスが自分に欲情している様子に、どうしようもなく興奮する。

「リリアーヌがほしくてたまらない。だが、この姿勢では俺から動くことはできない」

「あっ、私は邪魔ですね、確かに」

「だからリリアーヌから来てほしい」

「え？」

シルヴィスの上からどこうとしたリリアーヌの腰を、シルヴィスの大きな手がつかむ。

「わ、私から？」

「そう、ここに」

シルヴィスの手によって腰が導かれた先にはシルヴィスの肉杭。つまり自分から挿入してみせろというのか。そんな恥ずかしいことができるわけもない。リリアーヌは真っ赤になってふるふると頭を振った。

「できません」

「できるさ、ほら」

先端がくちゅりとずぶぬれの入り口をくすぐる。ぞわりと全身に期待感が走り、体を支えなければならない脚がわなないた。

「ほら、リリアーヌ」

シルヴィスが肉杭で何度も入り口をくすぐる。くちゅくちゅとそのたびに淫靡な水音が響く。少し力を抜けば、少し腰を落とせば、欲しい場所に欲しいものが与えられると知っていても、羞恥心のせいで実行に移せない。

ふと、人の気配を感じてリリアーヌは目を上げた。

雨が吹き込むからと閉めた窓ガラスに自分が映っている。人の気配とは自分の姿だった。窓ガラスに映るリリアーヌは、だらしなく上半身だけをはだけ、スカートをめくりあげ、ソファに座るシルヴィスに跨がっている。あまりにも破廉恥な姿に驚いてしまい、一瞬、体から力が抜けた。

ずぶりとリリアーヌの蜜壺に肉杭が食い込む。

不意に目の前でシルヴィスの顔が歪んだ。

「い、痛かったですか？」

「そうじゃない。ようやくリリアーヌが来てくれたと思って」

慌てて聞いたリリアーヌにシルヴィスが吐息まじりに答える。その様子があまりにも煽情的で、リリアーヌは思わずシルヴィスにしがみついた。もうどうしたらいいのかわからないほど、シルヴィスへの気持ちがあふれてくる。

――この人を信用できないなんて、ばかね、私。

最初こそ強引で、気に入らない男だと思ったが、本人が言うようにシルヴィスはリリアーヌが関わるとちょっとおかしくなるらしい。強引な振る舞いはその表れだ。シルヴィスにリリアーヌを傷つける気持ちなんてどこにもなかったのだと、今ならわかる。

隘路をかきわけて肉楔が食い込む。内側からたまらない愉悦がこみ上げる。

「リリアーヌの中は気持ちいい」

シルヴィスが体を揺するたびに、ちかちかと目の前で星が躍る。体を支えきれずにシルヴィスにもたれかかると、胸の頂が彼のシャツでこすれた。先ほどシルヴィスにさんざんもてあそばれて敏感になっているだけに、シャツの少しざらざらした刺激がリリアーヌを責め立てる。

「ん……っ、んぅっ……！」

肉杭を呑み込んでいる自分の隘路が潤んでくるのがわかる。最奥を突かれているうちにわけがわからなくなり、リリアーヌは喘ぎながらシルヴィスにつかまり続けた。

シルヴィスの動きが激しくなるにつれ、リリアーヌにも絶頂感が迫る。

「はぁ……っ、んはぁ……！」

シルヴィスの求めにきちんと応えたいのに、口からこぼれるのは喘ぎ声ばかり。

腰を掴まれ揺さぶられているため、リリアーヌには逃げ場がない。

「シルヴィス様……っ、もう……っ」

「達していいよ、リリアーヌ。俺も、余裕がない」

シルヴィスの言葉に頷いて、リリアーヌは迫りくる絶頂感に身を任せた。甘い衝撃が体を駆け抜ける。倒れてしまわないようリリアーヌはシルヴィスの頭をかき抱いて、その衝撃に耐えた。

「リリアーヌ、愛している……っ」

シルヴィスが呻くように告げてリリアーヌの最奥で熱を放つ。その心地よさにリリアーヌは陶然となった。

荒い息の中、目を上げると、窓ガラスに上気した自分の姿が映っていた。

恥ずかしい。でも、幸せ。

シルヴィスといられる幸福感を噛みしめながら、リリアーヌは呼吸が落ち着くまでしばらくそうしていた。

＊＊＊

そして迎えた宮廷舞踏会。

リリアーヌはシルヴィスとともに王宮の大広間に踏み込んだ。社交界シーズンに開催される宮廷舞踏会は二回。シーズンの幕開けである四月上旬と、シーズンの終わりである八月末。

宮廷舞踏会は、デビュタントは全員、あとは王宮が招待状を出した人間のみ参加が許される。

有力貴族ではないリリアーヌにとっては、二年ぶりの宮廷舞踏会だ。

一方のシルヴィスは有力貴族だけあり、当然のように招待状が届いていた。宮廷舞踏会はこの春に続いて二度目だという。

大広間では楽団が軽快な音楽を演奏し、和やかな雰囲気になっているが、宮廷舞踏会では、まずは主催者である国王に挨拶するのが礼儀。

だが一段高い場所にある国王の席は空いていた。その横の席には赤毛の女性が座っている。遠目にもほっそりとした女性だった。背後には侍従らしき人物が控えている。

「彼女がティアナだ」

挨拶のための行列に並びながら、シルヴィスが囁く。

国王は、二年前の宮廷舞踏会には出席していた。十八歳のリリアーヌは国王に直接挨拶をしたのだ。しかし、ティアナが横にいた覚えはない。だからティアナとは初対面となる。

今日の目的は、その国王の寵姫ティアナの気を引くことにある。挨拶時に「バイオリンが弾けます！」といってもあまり印象に残らない気がする。

どこかで実演を入れたいと考えながら視線を巡らせていたら、大広間の片隅に見たことのある黒髪の令嬢が目に飛び込んできた。

「いいことを思いつきました。ここで少しお待ちください」

リリアーヌはシルヴィスにそう告げると、リリアナ目がけて歩き出した。

ずんずん近づいていくと、リリアナも気付いたらしくこちらに目を向ける。隣にいるのは、以前も見たことがあるリリアナの兄だった。今日も兄嫁の代理をしているらしい。

「こんばんは、リリアナ様。ちょっとよろしいかしら」

リリアナの兄に目礼をしつつ声をかける。妹の友人が来たと察したのか、リリアナの兄がリリアーヌに会釈をして離れていった。

「こんばんは、リリアーヌ様。お一人……ではないわよね？　どんなご用かしら」

ちらりとシルヴィスを確認し、リリアナが怪訝そうな顔をする。

「ええ。あなたに折り入って頼みたいことがあるの」

「頼み？」

「実は……」

持ち掛けた案に対し、リリアナの顔が険しくなる。

「どうしてそんなことを？」

「ティアナ様にお目にかけていただきたいからよ。これから挨拶におうかがいするのだけれど、これくらい目立つことをしなければきっと覚えていただけないと思うから」

「ああ、そういうこと。……悪目立ちって、諸刃の剣だと思うのよね。わたくしもその危険性を負うのよ、タダ働きは割に合わないわ」

報酬次第では引き受けてくれるようだ。

「お代はいかほど？」

「そうね……シルヴィス様のお知り合いを紹介してくださるなら」

リリアナの婚活中らしい請求に、リリアーヌは頷いた。

「わかったわ。とびきり素敵な男性を紹介してあげる」

リリアーヌはにっこり笑うと、シルヴィスのもとへ取って返した。

「何を話していたんだ？」

「ティアナ様に覚えていただくための小芝居の依頼を。見返りはシルヴィス様のお知り合いを紹介することだそうです。とびきり素敵な男性を」

「なるほど」

「それではティアナ様へご挨拶に参りましょう。小芝居はそのあとです」

リリアーヌはそう言って、シルヴィスの腕に自分の腕を絡めた。

——本来なら、国王陛下がご不在の場合は王妃殿下。王妃殿下が不在の場合は、王太子殿下がご出席されるはずなのよ。

今までそういうものかと思っていたが、寵姫が主催者として挨拶を受けているこの現状は、どう考えてもおかしい。

ティアナへの挨拶の列に加わり、周囲の人と当たり障りのない話をしながら順番を待つ。

やがて順番が訪れた。燃えるような情熱的な赤い髪の毛に、氷のように冴え冴えとした青色の瞳。年は四十が近いのに、どこか少女にも見える美しい顔立ち。

遠目でもほっそりしていたが、間近で見るティアナは小柄で華奢、そして可憐な女性だった。とても三人の子どもがいるようには見えない。

「今宵はお招きありがとうございます」

まずはシルヴィスが作法通りに、ティアナの手をとって口付ける。

「こんばんは、エルデ卿。そちらが噂の婚約者ね。かわいらしいお嬢さんですこと。初恋の君だったのですって？」

ティアナが言いながらリリアーヌに目を向ける。穏やかだがどこか感情に乏しい。

「お初にお目にかかります、グローセル伯爵の娘、リリアーヌでございます」

リリアーヌも作法通り腰を落とし、淑女の礼をとった。

「初めまして、リリアーヌ。エルデ卿と仲良くね」

「ありがとうございます」

背後の列が長いことから、それ以上話すこともなく二人はティアナから離れた。

思った通り、こんなあっさりした挨拶ではティアナの記憶には残らないだろう。

——というわけで、悪目立ち作戦の決行よ。

リリアーヌは視線を巡らせてリリアナに合図を送った。視線に気付いたリリアナが頷く。

「いいところでお会いしましたわ、リリアーヌ様」

楽団の演奏が一区切りついた際に、近づいてきたリリアナが張りのある声でリリアーヌを呼ぶ。

「実はお友達にリリアーヌ様がバイオリンの名手であるとお話したのに信じてくださらない方がいるの。シルヴィス様とのご婚約も何か訳アリなのではないかと疑っていらして」

リリアナがちらりと大広間の片隅のほうに目を向ける。リリアーヌもそちらに目を向けたが、リリアナが誰を見ているのかはわからなかった。

「あなたの名誉のためにも、ここでもう一度、バイオリンを弾いてくださらないかしら。でなければ、わたくしまで嘘つき呼ばわりされてしまいますの」

リリアナがよく通る声で話しながら、楽団に近づいていく。楽団員たちは近づくリリアナに困惑して、次の曲を始めるタイミングを逸しているようだった。音楽のない空間に響くリリアナの声に、大広間がしん……となる。

ふと見ると、騒ぎに気付いたティアナもこちらを向いていた。

「一曲だけでしたら」

リリアーヌはそう言うと、楽団へと歩み寄った。いつかの楽団とは異なる楽団のようだ。

「申し訳ございませんが、バイオリンを貸していただけますか？」

一番手前にいるバイオリン奏者に願い出る。いつかと同じようにバイオリン奏者が困惑したまま動かなくなったので、リリアーヌは「お願いします」と促した。

貴族の令嬢のお願いに逆らうことはできず、しぶしぶバイオリン奏者が楽器を差し出す。

リリアーヌは楽器を借りると弓で軽く和音を鳴らし、音がずれていないことを確かめてから、よく知られているワルツを弾き始めた。

リリアーヌが残りの楽団員に目配せをすると、全員が楽器を構えて伴奏が始まる。華やかなバイオリン独奏が特徴的なワルツ。

突然始まったリリアーヌの演奏に、大広間の人たちが動きを止めて注目する。その様子を見ながら、時々、楽団員に目をやれば、楽団員全員がリリアーヌを見ている。

ピアノ以外の楽器と合わせるのは初めてだし、もちろん即席の合奏も初めてだ。内心は冷や汗をかきながらの演奏だったが、意外にアイコンタクトが通じることを知った。

ところどころかみ合わない部分もあったが、うまくごまかしているうちにだんだん楽しくなってきた。やはり音楽が好きだと思う。

さりげなくティアナを確認すれば、ティアナもまたこちらを見ているのがわかった。

どう思っただろう。宮廷舞踏会で騒動を起こしているので、悪い印象を与えていなければいいのだが。

最後の和音を弾き終わって楽器を下ろすと、大きな拍手が沸き起こった。

演奏は成功だ。問題はティアナの出方だ。

楽器を抱えたまま深く三方に礼をし、バイオリンを本来の持ち主に返す。これ以上、舞踏会を中断させるわけにはいかない。

「リリアーヌ様」

楽団員が再び演奏を始めたあたりで後ろから声をかけられた。振り返るとティアナの背後に控えていた侍従が立っていた。その様子を大広間の人々が見守っているのがわかる。

「ティアナ様からご伝言でございます。もしよろしければ、後日改めてあなたのバイオリンを聴かせていただけないか、とのことですが」

「ええ、喜んで」

リリアーヌはにっこりと侍従に答えた。

「ありがとうございます。ティアナ様にお伝えします。それでは、舞踏会をお楽しみくださいませ」

侍従はそう言って頭を下げると、リリアーヌの前から去っていった。

その様子を見ていたリリアナがスススと寄ってくる。

「うまくいったようね。」

「ええ。ありがとう、リリアナ様。これは大きな貸しよ？」

「期待しているわ」

リリアナはそう言うと、来た時と同じようにさっさと踵を返して去っていった。

リリアーヌは少し離れた場所から一連の出来事を見守っていたシルヴィスに振り向いた。

近づいていくと、シルヴィスがはっと我に返る。どうやら見とれていたらしい。

「見事だった。さっきリリアナ嬢と打ち合わせしていた小芝居とは、これか」

「ええ。ほとんどアドリブでしたし、場の空気を壊してしまう危険性もあったので怖かったのですが、無事にティアナ様からご招待を受けました」

シルヴィスのエスコートで大広間の真ん中に出て行きながら、リリアーヌが言う。

「先ほどの？」

「そうです。とりあえず、第一関門は突破しました。あとは、おとなしくティアナ様のご招待に応じましょう」

「何か考えているのか？」

「多少は。シルヴィス様がティアナ様の情報を集めてくださったおかげです」

にっこり笑って言うと、シルヴィスがわずかに驚いたような顔をした。

その後、リリアーヌは様々な人に声をかけてもらえた。エルデ侯爵の初恋の君という話題性に加え、ティアナの侍従に声をかけられたということが大きかったようだ。

ティアナの影響力がここまで大きいとは思わなかった。小芝居を打ってよかった。

リリアーヌにとって二度目の宮廷舞踏会は、上出来のうちに幕を閉じた。

＊＊＊

宮廷舞踏会から三日後、ティアナから茶会への招待状が届いた。

社交界シーズンも終わり、王都に用がない者は領地に引き揚げ始める。リリアーヌがどうするかわからないからその前に一度会いましょう、ということのようだ。

リリアーヌの実家、グローセル伯爵家はすぐに領地に引き揚げていったが、ヴィクトールからの依頼を抱えているシルヴィスは、しばらく王都に留まるようだ。

「一人で大丈夫か」

招待される日、バイオリンケースといくつかの楽譜を持って出かけるリリアーヌに、シルヴィスが心配そうに声をかけてきた。

「大丈夫よ。行ってきますね」

シルヴィスの不安を和らげるべく、かつて母がそうしてくれたようにシルヴィスの頬にちゅっと口付けをして、リリアーヌは馬車に乗り込んだ。

行き先は王宮。

——王族でもないのに王宮に人を招けるなんて、さすがね。

国王の体調が思わしくない現在は、ティアナとその兄の天下と言える。だが国王が亡くなってしまえば、クレッツェン兄妹の後ろ盾はなくなる。そうすれば、二人によって追い出された貴族たちが黙ってはいないだろう。

——ティアナ様のお子様たちは非嫡子ゆえに、王位継承権をお持ちではないわ。

国王にもしものことがあれば、王太子ヴィクトールが次の国王になる。

このまま王宮で影響力を持ち続けたいのなら、ティアナはヴィクトールに排除されるわけにはいかないはずだ。

だが、シルヴィスの話から察するに、ヴィクトール本人はティアナに対してあまりいい印象を抱いていない。ゆえに、ヴィクトールを懐柔することは難しい。

となると、当然、国王に使ったのと同じ手段に出る可能性が高い。ヴィクトールは、ティアナは国王に何らかの薬物を使ったと考えているし、昨今のパラディスの蔓延を考えたらあり得そうだとも思う。

ティアナと薬物のつながりを示す証拠がほしいのは、そのためだろう。

――王宮に招くくらいだから、私のこともシルヴィス様のことも調べ上げているはず。問題ないから招待されるわけよね。ということは、シルヴィス様とヴィクトール殿下の関係は気付かれていないわ。

それを前提に、慎重に行動しなくては。

ティアナの気を引く勝算はあった。

ティアナの音楽好きに加えて、恵まれない女性への支援を惜しまないところだ。

何かから人の目を逸らすための活動にも見えるが、他の慈善活動には見向きもしていないところから、幼くして両親を亡くし、クレッツェン伯爵に引き取られた、という生い立ちが関係している気もするのだ。

それに、ティアナの境遇はリリアーヌと似ている、と言えなくもない。

ティアナは王妃の侍女になるために、便宜上とはいえ養父の後妻となった。意に沿わない結婚を強制されたという部分は、リリアーヌの「実家への支援と引き換えにエルデ侯爵と婚約した」という身の上と似ている。

シルヴィスがどんなに「初恋の人を見つけたので居ても立っても居られず求婚した」という話をしていても、事実だけ見ればリリアーヌはシルヴィスに買われた花嫁なのだ。

──買い取られた目的について、きちんと説明すれば、多少は気を引けるはず……。

リリアーヌは袖をずらして、手首に浮かぶ鬱血を確認した。

招待を受けたあと、これについてしばらく考えていたが、いい案が浮かばず、結局、シルヴィスに加虐癖がある路線でいくことにしたのだ。今まで傷がついていなかったのは、社交シーズンゆえにシルヴィスが遠慮した、ということにした。

──言いなりにできる娘がほしかった理由としては妥当だけれど、騙されてくれるかしら。

というか、騙さなくてはいけない。そのためにわざわざ昨日、嫌がるシルヴィスを説得して縄で縛り、手首や体に痕をつけてもらったのだ。軍隊出身のシルヴィスは、捕虜を拘束するための縛り方をいくつも知っていた。

「どうしてこんなに美しい皮膚に、わざわざ傷をつけなくてはならないんだ。痕が残ったらどうする」

シルヴィスは憤慨していたが、

「ヴィクトール様のご依頼にお応えしなければならないのでしょう」

そう言うとおとなしくなった。

それにリリアーヌの皮膚は薄くて弱いため、すぐに跡がついた。しっかり跡をつけなければならないと縛ってもらったあと、力いっぱい引っ張ったものだからそれは痛々しい痕がばっちりと。

「これを見せるのか？　俺が犯罪者扱いされてしまう」

リリアーヌの縄を解いて、縛られた痕を確認したシルヴィスがうんざりした声を上げたが、無視した。婚約者に虐げられても弱い立場ゆえに逃げ出せない娘に見せかける必要があるから、これでいいのだ。これなら十分、「かわいそうな娘」に見える。

そしてバイオリン。

母の形見のバイオリンを大切にする、金で買われて虐げられている娘。仕掛けとしてはばっちりだろう。この二つでティアナの気を引けたらいいのだが。

――いいえ、引くのよ。同情してもらうの。そうして、少しずつ仲良くなって……でもどうやってパラディスのことを聞き出せばいいのかしら……。

パラディスは違法薬物だ。ちょっと仲良くなったくらいでは、話題にできない。だが国王の容態が思わしくなく、あまり時間に猶予がないとは聞いている。

馬車はほどなくして王宮に到着した。正門から敷地内に入る。正門をくぐれるのは、王宮が正式に招いた客だけだ。招待状こそティアナの名であったが、王家の紋章が入った封筒が使われていた。国王が、ティアナのことを王妃と同等と認めている。

リリアーヌは袖を戻すと、きゅっと唇を引き結んだ。

王宮には数えきれないほどの部屋がある。それぞれにテーマが決められており、趣が異なることは知っている。リリアーヌが通されたのは王宮の二階、それは壮麗な広間だった。天井を埋め尽くす壁画、壁を覆ういくつもの絵画、柱を彩る彫刻。応接セットにはすでにティーセットのほか、色とりどりのお菓子が並べられていた。

リリアーヌのバイオリン目当てだけあって、大きなピアノも置いてある。何より目を奪われたのは、大きな窓の外に広がる庭園だった。

王宮の女主人のもてなしにふさわしい部屋だ。

そしてその部屋にいたのは、ティアナ一人だった。てっきり、ティアナの趣味仲間のお茶会に交ぜてもらうのかと思っていたのに。

「ようこそ、リリアーヌ。今日はわたくしの私的な招待なので、そうかしこまらなくてもいいわ」

ティアナがそう言ってリリアーヌを手招きする。やはり今日も、穏やかだが感情が読み取れない。仮面をつけているみたいだなと思う。

促されるまま、リリアーヌはぎこちなく用意された席についた。

＊＊＊

初めて茶会に呼ばれてから半月ほどたった。

ティアナも暇ではないのでしょっちゅう呼ばれるわけではないが、リリアーヌに会うのを楽しみにしているようだ。行くたびにバイオリンをせがまれる。

「あなたはいろんな曲を知っているのね。プロの演奏家としても通用しそうだわ」

そう言ってニコニコ微笑まれたら、悪い気はしない。リリアーヌのバイオリンをいたく気に入ってくれて、次はティアナのピアノにあわせて合奏しましょうという話になった。

普段は穏やかながら表情がほとんど動かないティアナだが、音楽の話になると表情が生き生きとするので、本当に音楽が好きらしい。

そしてリリアーヌの思惑通り、ティアナはリリアーヌの身の上に同情してくれた。手首の縄の痕を見つけられた時に洗いざらい話をしたことが、功を奏したようだ。

もちろん縄の痕はわざと見えるように振る舞った。

見つけた途端、ティアナ自身が近づいてきてリリアーヌの傷を確認したほどである。

――まさか、ティアナ様が手ずから軟膏(なんこう)を塗ってくださるとは思わなかったわ。

開けっぱなしの窓から吹き込む風に、秋の花の香りがほんのりと混ざっている。

秋の気配を感じながら、リリアーヌはエルデ侯爵家のタウンハウスの居間に設置された
ピアノの前で、バイオリンを熱心に練習していた。

バイオリン用の譜面台よりピアノの譜面台の方が大きいから、練習の時はいつもピアノの譜面台いっぱいに楽譜を並べている。

その時、不意に居間のドアが開いた。

窓から吹き込む風の流れが強まったせいで、楽譜が飛び散る。

リリアーヌはバイオリンの練習の手を止めて、飛び散った楽譜に目を向けた。

「ノックをしたんだが、返事がなかったから。邪魔をしてしまったか」

足元に飛んできた楽譜を拾いながら、シルヴィスが口を開く。

「いいえ、大丈夫です。バイオリン工房に行きたいと言ったのは私ですから」

練習に集中していると、まわりの音が聞こえない。今日は楽器のメンテナンスと新しい楽譜を買うためにバイオリン工房へ行きたいとシルヴィスに頼んでおり、そういうことなら一緒に行こうとシルヴィスが馬車を用意してくれたのだ。

「どんな楽譜がほしいんだ？　絶対に手に入れたいというのなら、注文しておいたほうが確実だと思うが」

拾い集めた楽譜をリリアーヌのもとに持ってきて、シルヴィスが言う。

「どんな、というわけではなく、何か新しい曲が聴きたいという感じでしたので、お店にある楽譜を見て決めようと思うのです。合奏もご希望ですから、ピアノの伴奏もついているものがいいですね。ティアナ様はピアノをお弾きになるようですよ」

「ずいぶん仲良くなったな」

シルヴィスから楽譜を受け取りながら、リリアーヌは微笑んだ。

「シルヴィス様からお聞きしていたティアナ様は、おそろしい方に思えましたが、実際にお会いしてみるとだいぶ印象が異なりますね。とてもお優しい方でした」

そうなのだ。シルヴィスから聞いていたティアナは、薬物で王宮を手に入れた毒婦という印象だったのが、実際は穏やかで気遣い上手な女性だった。

「ティアナ様も、ご自身の悪評には心を痛めていらっしゃるご様子です」

ティアナは「国王陛下と王妃様のご病気の時期がたまたま重なっただけで、どうしてわたくしが毒を盛ったという話になるのかしら」とため息をついていた。その諦めきった口調に、リリアーヌ自身も「訳アリ」という評判を立てられたことを思い出す。

リリアーヌの場合は今年に入ってからだし、シルヴィスという婚約者が現れたので、そこまで被害が大きいわけではないが、ティアナの場合は十年以上に渡っての悪評だ。

「ヴィクトール殿下も、わたくしが追い出したわけではないのに。王宮は落ち着かないから離宮に下がりたいとおっしゃったのは、王妃様のほう。ヴィクトール殿下がお小さいから連れて行きたいとおっしゃったのも、王妃様なのに。――とのことです」

リリアーヌの言葉にシルヴィスが「ふむ」と唸った。

「だが、現在王都に蔓延しているパラディスの量は異常だ。密輸なんてレベルではない。国家権力が関わらなければ、こんなことはできない」

「主導したのはミハイル宮廷顧問であって、ティアナ様は何もご存じない可能性は？」

「だとしても、ティアナが何も知らないということはないはずだ。国王陛下を薬漬けにしたのは、ティアナだからな」

シルヴィスはそう言うが、情報源はすべてヴィクトールなのだから正しいのかどうかわからないとも思う。

優しくて穏やかなティアナが、世にも恐ろしい薬物を使って国王を言いなりにしているとは思えないのだ。

とはいえ、真実はまだ闇の中。

「馬車をあまり長く待たせてはいけませんね。さあ、参りましょう」

楽譜を片付けてバイオリンをケースにしまいこみ、リリアーヌはシルヴィスを促す。

「そういえば、このところ社交界での風当たりが強くなってきている。どんな噂が飛び交っているのかちょっと教えてもらったが、俺はずいぶんひどい男になっていた。近いうちにアブノーマルな趣味を持つ紳士クラブに招待されそうだ」

リリアーヌと並んで歩きながら、シルヴィスが小さく笑った。

「そんなクラブがあるんですか」

「あるらしい。よくは知らないが。……世の中は広いな。そして俺の知らないことばかりだ」

リリアーヌがばらまいたエサのせいで、シルヴィスも苦労しているようだ。

「そういえば二日後、ティアナ様にお招きいただいております。ですから、また痕をつけていただく必要が」

「また？　もうそろそろいいのでは……」

シルヴィスが眉を顰める。

「そうおっしゃらずに。傷があることでティアナ様の同情を引けるのですから」

「だが、こうも頻繁にリリアーヌを縛っていると、本当に危ない性癖に開眼しそうで怖い。そんな趣味はなかったはずなんだがな。……おい、笑いごとじゃないぞ」

シルヴィスがわずかに目元を赤らめて言うので、思わず笑ってしまった。

二日後、リリアーヌは痛々しい傷痕に加えて、首筋にいくつもの鬱血を散らせた状態で、ティアナのもとへ行くことになった。「このほうが鬼畜ぶりを強調できるかも！」と、シルヴィスと二人で悪ノリした結果である。

通されたのは王宮の庭園がよく見えるあの部屋だ。

窓に近づいて外を見ていたら、ドアが開いてティアナが姿を現した。

「お招きありがとうございます、ティアナ様」

淑女の礼をとって挨拶をすると、ティアナが微笑みながら近づいてきた。

「そうかしこまらなくてもいいわよ、リリアーヌ。具合はどうかしら。……またずいぶんといじめられたみたいね」

スッとティアナの手が伸びてきて、リリアーヌの腕を取る。

今日も長袖のドレスに加え、首筋の痕を隠すためにチョーカーを巻いてきているが、どちらとも多少身動きをすれば見えてしまう。

もちろん、隠すフリをしつつ、ティアナの視界に入ることを意識した装いだ。

「そうですね。見える場所に痕を残すのはやめてと言っているのですが、その、興奮すると見境がなくなるもので」

「獣ね」

リリアーヌの腕を放し、ティアナが冷たい眼差しで呟く。

「そもそも結婚もしていないのに、どうして他家のご令嬢にこんなおぞましい振る舞いができるのかしら。ああ、念のために聞くけれど、リリアーヌ、あなたはエルデ卿のこの振る舞いを喜んでいるわけではないのよね？」

「喜んでなどいません。私にはそのような趣味はありませんから」

リリアーヌがとんでもないと首を振ると、ティアナが「そう」と安心したように頷いた。いたく同情してくれている場面であっても、ティアナの表情の変化は乏しい。不思議なくらい淡々としているのは、なぜだろう。

「前にもお話した通り、私はシルヴィス様に買われたのです。私が逃げ出すとシルヴィス様からの支援は打ち切られ、今まで受けた支援すべてを返さなくてはならない契約を交わしています。嘘だとお思いになるのでしたら、婚姻契約書をお持ちします」

「そこまではいいわ」

ティアナがあっさり否定する。

「あなたのことが心配になって、エルデ侯爵について調べさせてもらったの。……お金がないというのは、本当につらいことだわ。そして女の身であれば、できることは限られているものね」

ため息をつきながらティアナが背を向け、庭園に面した大きな窓辺に寄る。

「わたくしの身の上は、誰かから聞き及んでいるかしら？」

「……しょせん噂です」

振り返って聞くティアナに、リリアーヌは首を振った。

「わたくし、貴族ではあるけれどあまり裕福な家の生まれではないの。そのうえ、両親が早くに亡くなって、兄とわたくしに残されたのは借金だけだった。わたくしの見た目のよさに目を付けたのが、クレッツェン伯爵という人」

けれど、とティアナが続ける。

「王妃様の侍女の募集が始まった時、クレッツェン伯爵はわたくしを侍女として王宮に送り込むつもりで、わたくしを妻にしたの。王宮で働く侍女は既婚者でなければならない決まりだから。それはいいのよ、クレッツェン伯爵への恩返しは必要だと思っていたから」

ティアナの氷色の瞳にはなんの感慨も浮かんでいない。

「そして結婚証明書にサインした日の夜、わたくしはクレッツェン伯爵に犯された。十五歳だった」

ティアナは平然と語るが、内容はおぞましいものだった。

「だから、無理強いをされるつらさは知っているの。相手の力が強すぎて抵抗できない無力さもわかる。もしリリアーヌが我慢をしているのなら、そう言ってちょうだい。力になるわ」

不意にティアナの瞳に感情が宿る。訴えかけるような視線でリリアーヌを見つめる。

リリアーヌの読みは当たっていたようだ。ティアナが「かわいそうな女性」に手を差し伸べる理由……それはティアナ自身が悲しい思いをしているからなのだ。

「……つらいです」

リリアーヌは心の中でシルヴィスに詫びつつ、ぽつりとこぼした。

「私には妹が二人います。私が我慢しなければ、あの子たちに良縁をつかませてやれません。私さえ我慢すればいいと思って、この結婚話を受け入れました。たいていのことは我慢するつもりでした。でも今は、絶望しかありません」

ティアナがそっと近づき、リリアーヌを抱きしめる。ふわりと甘いにおいが漂ってきて、リリアーヌを包んだ。

「あなたの力になりましょう、リリアーヌ。あなたの心が少しでも軽くなるように。だから泣かないで」

ティアナに言われて初めて、リリアーヌは自分が涙をこぼしていることに気付いた。

作り話にティアナが胸を痛めていることが心苦しかった。この人は本当に優しいのだと思う。

「誰にも内緒にできると約束できるのなら、わたくしが懇意にしている占い師を紹介しましょう。異国から来ている人で、とても物知りなの。わたくしの悩みも解決してくれたわ。あなたの悩みもきっと、解決してくれる」

ティアナがリリアーヌを抱きしめたまま囁く。

「……本当ですか?」

「ええ、本当。迎えを出すわ。でもいつ迎えに行けるかはわからないの。それでもいいかしら」

「ええ、かまいません。……どうか私をお助け下さい」

ティアナがリリアーヌを抱く腕に力を入れる。不意に母のことを追い出す。リリアーヌが悲しい時、母もこうしてリリアーヌを抱きしめてくれたものだ。

——でも本当に優しい人が、パラディスのにおいをまとっているなんて、おかしな話なのよ……。

リリアーヌがパラディスのにおいを知らなければ、ティアナの優しさに心酔してしまっていただろう。

ティアナのこの優しさこそが毒なのかもしれない、と、リリアーヌは国王の寵姫の腕の中で思った。

第五章

——さて、私はどこに連れて行かれるのでしょう?

ティアナと会ってから十日。

リリアーヌは突然やってきた「迎え」によって馬車に詰め込まれ、途中、とある仕立屋で降ろされた後、店の裏口から薄汚れた小さな馬車に乗り換えさせられて移動中だった。御者も粗末な服装の男だ。

しかも乗り換えた馬車の窓は内側から布が打ち付けられてあって、外が見えない。布なので光を通してくれるから、車内が真っ暗ではないことが救いだ。

予告なく「今すぐお支度を」と連れ出されたため、何も持ってきていない。服装も、外出用のものではない。行き先などわからないから、執事にも「ちょっと出かけてきます」としか伝えていない。シルヴィスは外出中でリリアーヌが出かけたことすら知らない。

——困ったわね。

リリアーヌは窓に貼り付けられている布を指先で少しだけめくり、顔を近づけて外を覗いてみた。地面しか見えない。

どこらあたりを移動中なのかわからない……と思ったが、車輪から伝わる振動が変わった。

限界まで窓に近づいて視線を上げてみると、大きな建物が見えた。モディア橋の塔だ。

――王都の南側に向かっているんだわ。

南側は労働者と貧困層の居住区である。いやな予感しかしない。

リリアーヌは窓から顔を話すと、座り心地がいいとはいえない粗末なベンチに座り直した。

ティアナと会ったその日のうちに、シルヴィスに出来事を伝えて相談をしている。

「なるほど、占い師か。胡散臭(うさんくさ)いまじないをしたり、妙な薬を売りつけたりする連中だろう。パラディスを扱うには適任だな」

貴族にとって占い師は身近な存在だ。

特に異国から来た占い師は人気が高く、邸宅に招かれて占いをしている。恋占いや運勢を見る占いなどが人気だということは知っているが、わりといい金額なのでリリアーヌは占い師を頼ったことはない。もちろんそんな占い師を信用していない人間も多い。

「でも変だわ。占い師って、基本的に王都の南側に住んでいて、用がある時には屋敷に呼ぶものなんです。ティアナ様は迎えを出すとおっしゃったわ。それもいつになるかわからない、と」

「罠かもしれないな。俺たちの動きに気付いたか。考えてみれば王宮の中枢にいる人物があっさり、手の内を見せてくるわけがないんだ。いくらこんな傷をつけてみせても」

シルヴィスがリリアーヌの手を取って、手首に残る縄の痕をなぞった。

「その招きに応じるのは危険だ、やめておこう」

「いいえ。これは好機です」

リリアーヌはシルヴィスの手に自分の反対側の手を重ねた。

「だって、国王陛下の体調があまりよろしくないのでしょう？　もしものことがあって、ティアナ様の毒牙がヴィクトール殿下に向いては手遅れだもの。それに何より、今はパラディス中毒者がとても増えています」

自分に絡んできた男たちの姿を思い出しながら、リリアーヌはシルヴィスを見つめた。

「誰かが止めなくてはいけません。国王陛下にそのお力はなく、ティアナ様やミハイル様がお止めになるとは思えない。それができるのは、ヴィクトール殿下だけです」

「……。そうだな。招待される日がわかったら教えてほしい。こっそりあなたのあとをつけて、占い師の館を特定しよう。場所さえわかればなんとかなるから、証拠は無理に持ち帰らなくていい。とにかく無事に館を出ることだけを考えるんだ」

「わかりました」

……というやりとりがあったのだが、

——不意打ちで迎えが来たうえに、目張りされた馬車ではね……。

場所がわからないのでは、たとえそこでパラディスを見つけたとしても、意味がない。

——とりあえず、無事に帰ることだけを考えなくちゃ……。

おそらく目的地は王都南部だろう、という読みは当たり、馬車はほどなくして止まった。モディア橋を渡り終えたあと、やたらジグザグ走ったのは、リリアーヌに道を覚えられないための措置かもしれない。そうなると、実際はそこまで遠くない気がする。

「ほらよ」

御者を務めた男がドアを開けて、馬車から降りるように促す。目の前にはこぢんまりとした邸宅。ぐるりと高い塀に囲まれており、南側に入ってから絶えず聞こえていた雑踏も届かない。

後ろを振り向くと、屋敷の人間だろう男性使用人が大きな門を閉めたところだった。

「私はどうすればいいの？」

「さあな。俺はあんたをここまで連れてくるように頼まれただけだ」

御者はそう言うと、馬車を門を閉めた使用人と一緒に屋敷の裏手へと運んでいった。

——一人にされてしまったわ。

ここでぼーっとしていてもしかたがない。

リリアーヌは建物に近づいて正面のドアを叩いた。

返事はない。

もう一度叩こうと手をあげた時、内側からゆっくりとドアが開いた。

「おまえさんが、リリアーヌかい？」

中から現れたのは一人の老婆だ。決して背が高くないリリアーヌの胸元ほどしか背丈がない、とても小柄な人物だった。真っ白な髪の毛の下に鷲鼻(わしばな)が見えるが、ふさふさとした髪の毛のせいで目元はわからない。見たこともない意匠の刺繍が施された、ローブのような服をまとっている。

「あ……初めまして、グローセル伯爵の娘、リリアーヌと申します。あなたが、ティアナ様の占い師さん？」

リリアーヌはドアを叩こうと上げていた手を下ろし、老婆にたずねた。

「そうだよ。わしはウェスタ。あの子から話を聞いている。お入り」

しゃがれた声でウェスタがそう言い、リリアーヌを建物の中へと招き入れる。

――ティアナ様をあの子呼ばわりかぁ……。

付き合いが長いのだろうか。

入った途端、ふわりと甘いにおいがリリアーヌを包んだ。

――パラディスのにおい……。

パラディスだと知らなければ、異国のお香だとでも思うだろう。

促されるまま、奥の部屋に通される。暦の上では秋といっても、まだまだ暑い季節ゆえに窓もドアも開けっ放しだ。通り抜ける風が心地いい。中庭がよく見通せる部屋だった。不思議な形の椅子がいくつか置いてある。

「たいしたもてなしもできないが。わしに話があると聞いているよ」

ウェスタが椅子に腰掛け、リリアーヌを見上げる。そこで初めてリリアーヌは、ウェスタの肌が赤銅色をしていること、目が赤いことに気付いた。服装からそうではないかと思った通り、彼女は異国の民なのだ。

ウェスタは表情の読めない顔のまま、じっとリリアーヌを見つめ続ける。赤い瞳に見つめられ、リリアーヌは身動きできなくなった。

心の奥まで見透かされている。そんな気持ちになる。

彼女は異国の占い師だ。それくらいのことができてもおかしくない。

「……でもおまえさんは、別にわしには用がなさそうだね?」

ややあってウェスタが口を開いた。やはり見透かされている。そのことは不思議に思わなかった。なんとなくそんな気がしたから。ティアナが頼りたくなるわけだ。

「少し、昔話をしようか。立ったままではなんだから、まあ、お座り」

ウェスタに促され、リリアーヌはそばにあった椅子に腰を下ろした。

「昔々、両親を早くに亡くした兄と妹がいた。二人を引き取った男は歪んだ性癖の持ち主で、二人をよくいじめた。特に妹は男の性癖の餌食になった。そんな妹を、兄は助けてやりたかった。妹は妹で、我慢するのは自分だけでいい、兄は自由になってほしいと願った」

「……」

「ある時、その兄妹は異国の薬草を手に入れた。おまえさんたちが『楽園』と呼ぶ薬草だよ。兄妹はまず、自分たちを虐げてきた養父を殺した」

「……殺した……？」

「その次に、薬草の効き目を知った兄は妹に、パラディスを使って妹の大切な人を陥れるように迫った。妹はね、勤め先で好きになってはいけない男に恋をしたんだよ」

「それって……」

口を挟もうとしたリリアーヌを、ウェスタが遮る。

「まあ、最後までお聞き。妹は、兄には逆らえない。それに愛に飢えていたからね、大切な人に対してパラディスを使った。おもしろいように大切な人は妹のものになった」

ウェスタが語っているのが誰の話なのか、リリアーヌはもうわかっていた。

「そんな妹に、兄はパラディスを使ってほしいものを全部手に入れようと持ち掛けた。妹にとって兄は唯一無二の存在だ。決して逆らえない。妹は兄に言われるまま、大切な人にパラディスを使い続けた」

「……」

「兄の願いをかなえていくうちに、妹の大切な人は壊れ始めた。妹はなんとか止めようとした。でもうまくいかなかった。大切な人はとっくにパラディスの毒に冒されてしまっていた。そのことに気付いた妹は生きる気力を失くした。心を慰めるのは、美しい調べだけだ。音の調べに浸っている間だけ、嫌なことを忘れられる」

ティアナが音楽にだけ強く反応する理由がわかった。彼女にとって音楽に触れている時間だけが、心が安らぐ時間なのだ。

ウェスタの話が本当なら、諸悪の根源は兄のミハイルのほうであって、ティアナはむしろ被害者ではないだろうか？

「いいや、悪いのはあの子だよ。妻子のいる人を好きになってしまったのだからね」

「あなたは、誰の心でも読むことができるの？」

リリアーヌが驚きを隠せずに問うと、ウェスタは首を振った。

「人の心は読めないよ。ただわしは、人の心が放つ色が見えるだけさ。わしら風の民にはたまにこういう力を持つ者が生まれる」

風の民というのは、故郷を持たずあちこちを旅しながら暮らす人々のことだ。

「あの子は優しいんだ。とても優しい。だから止められなかったんだよ、自分にのめりこんでいく大切な人も、権力に溺れていく兄のことも。止めたら、自分が見捨てられるかもしれないからね」

あの子は一人ぼっちの寂しさ、みじめさをよく知っているから。ウェスタはそう続けた。

ティアナの淡々とした様子を思い出す。

あれは心が疲れ切ってしまっていたからなのだ。きっと、ティアナ自身に野心はなかったのだろう。なのに国王の寵姫という立場に置かれて、彼女は疲れ切っている。

「……どうしてこの話を、私に？」

「この館にあの子の客人が来たのは初めてなんだよ。いつもはわしが、あの子に頼まれた場所に行くからね」

リリアーヌがたずねると、ウェスタは驚くべき答えを返してきた。

「あの子は寂しい心に敏感で、他人の寂しさを自分のもののように感じてしまう。あの子の客人はみんな寂しさを抱えていた。でもおまえさんには寂しさが感じられない。どうしてそんな子を、わしのもとによこしたんだろうね」

ウェスタに問われても、わからない。リリアーヌは首を振った。

「きっと、あの子は止めてほしかったんだよ」

――止めることはできる。私がここで聞いたことをシルヴィス様に報告すればいいだけだもの。

それをティアナが望んでいた？　本当に？　兄もろとも断罪されるのは間違いないのに？

ティアナにとって兄ミハイルは絶対的な存在のようだ。その兄が断罪されることをティアナが許すとは思えないのだが……。

沈黙が二人を包む。

不意に人が近づく気配がした。

複数の足音に話し声。男女が言い合いながらこちらに近づいてくるようだ。

「今さら規制なんてできるわけがないだろう。金で役人たちを黙らせて腐敗を進めてきたのは、あんたのほうじゃないか。今じゃ役人どもが率先して中抜きしているんだよ。甘い汁を吸ってきた人間がおとなしく手を引くとでも？」

女が言う。

「だが今の状態はあんまりだ。輸入量は制限させてもらう。気に入らないなら、おまえたちがこの国から出ていけ」

男が答える。

「よく言うよ、私らにパラディスを大量に仕入れるように指示してきたのは、あんたのほうじゃないか、宮廷顧問殿！」

女の声から、話し相手の男がまさにティアナの兄、ミハイルだと知る。

リリアーヌはウェスタに目を向けた。ウェスタが頷く。

今日この場にリリアーヌを招いたのは、ティアナその人だ。

——これは、わざとなの……？

止めてほしいというのは、本当だったのだろうか。

——もしかしてティアナ様は、私の思惑に気が付いていらっしゃった？

そうとしか思えない展開だ。

「こっちはあんたの言う通り商会に話をつけて、パラディスの仕入れを増やした。それでも足りないというから、パラディスの産地にまで直接買い付けに行ってやっただろうが。あんたが国王や廷臣を言いなりにできたのは、私らがパラディスを仕入れたおかげだってことを忘れるんじゃないよ」

「おまえたちだって、余分に買い付けたぶんをあちこちで高値で売っていただろうが」

大声でしゃべり続けているうちに二人はリリアーヌたちがいる部屋の前に差し掛かり、中にいるリリアーヌたちに気付いてはっと室内を振り返った。

ドアは開けっ放しになっている。

廊下にいるのは初老の女性に、彼女よりかはいくぶん年下に見える中年の男性。初老の女性はウェスタと似たような服を着ていた。白髪が交ざった黒髪に赤銅色の肌、赤い瞳。

一方の中年男性は、身なりがいい。赤い髪の毛と氷のような青い瞳はティアナと同じ。だがティアナのように年齢不詳ではなく、年齢相応に見える。

「……母さん」

初老の女性が呆然と呟き、

「どうして他人がここにいるんだ？」

ミハイルが驚きを隠せない様子で声をあげた。

「おまえさんたちこそ、廊下で何を大声で話しているんだね」

ウェスタが呆れたように言う。

「身なりがいいな。貴族か？　ウェスタ、この娘は誰だ？」

「ティアナのお客さんだよ」

ミハイルが部屋に入ってきてリリアーヌの前に立つ。

「どこまで聞いていた？」

冷たい目で見降ろされ、全身に鳥肌が立った。

「……何も聞いておりません」

「嘘をつくな！」

「私は何も聞いておりません！」

ミハイルの大声の脅しに屈しないよう、リリアーヌも大きな声で答える。

ミハイルがギリ、と奥歯を嚙みしめたのがわかった。

「……ミハイル、その子はティアナの客だ。悪い子じゃないよ。だから大声を出すのはおよし」

ウェスタがたしなめる。

「娘、おまえの名は？」

しばらくじっとリリアーヌを見つめていたミハイルが、先ほどよりは静かな声でたずねてきた。

「グローセル伯爵の娘、リリアーヌです」

「リリアーヌ……どこかで聞いた名だな。ティアナの紹介だと？　ティアナがここを他人に教えるわけがない」

「ティアナ様が手配してくださった迎えでこちらに来たのです。でなければ、来ることはできません。私はこの場所を知らないのですから」

「……そうだ、思い出したぞ。ティアナが最近気に入って王宮に呼んでいる娘が、そんな名前だった。そしてそう……エルデ侯爵の婚約者でもある。エルデ侯爵にはゲスな趣味があって、抵抗できない娘をわざわざ選んで婚約したと聞いた」

ティアナが話したのだろうか。下品な噂が宮廷顧問の耳にも届いていると知ったら、シルヴィスは絶句しそうだ。

「エルデ侯爵の『抵抗できない婚約者』がなぜティアナに近づく？　エルデ侯爵にそうしろと命令でもされたか。あいつはこちらをうかがっている様子があったからな。……ティアナはまんまと騙されたわけだな？」

ミハイルがリリアーヌに向かって腕を伸ばす。リリアーヌは大慌てで立ち上がるとミハイルから距離をとった。

「騙してなどいません！」

ミハイルはティアナの動向も把握しているし、シルヴィスの動きにも気付いていた。ということは、ティアナもリリアーヌが思惑を持って近づいてきていることに気付いていたと見ていい。もしかしたら、リリアーヌが思う以上にティアナはいろんなことに気が付いているのかもしれない。

「ミハイル、およし！　その子を傷つけるんじゃないよ」

ウェスタが声を上げるが、ミハイルはお構いなしでリリアーヌを睨み続けた。

「その傷はわざとじゃないのか？　どこかで聞いたんだろう、ティアナもあのクソ養父にずっと叩かれてきたことを。妹は男にいたぶられた娘に弱いからな」

ウェスタの話からそうではないかと思っていたが、ティアナは養父から折檻を受けていたのか。だからティアナはあんなにもリリアーヌに同情的だったのだ。

「私は何も聞いておりませんし、ティアナ様を騙してもおりません！」

「でなければなぜここへ来る？　今までウェスタに用がある人間は、タウンハウスに呼んでいた」

「ティアナ様のご招待です。私がここへ連れてきてほしいとお願いしたわけではありません！」

「どっちにしても、ここに私がいたことを知られるわけにはいかない」

そう言ってミハイルが間合いを詰めてリリアーヌの腕をつかむ。強い力で腕を締め上げられて、リリアーヌは呻いた。

「ミハイル！」

ウェスタが諫めるが無視してミハイルはリリアーヌの腕をつかんだまま、部屋を出た。

ウェスタの娘がついてくる。

「その娘をどうする気だい」

「獣の餌にでもするしかないな。異国からパラディスと一緒に買い付けてきた獣がいただろう。あれなら人間くらい、骨まで残さず食らい尽くす」

「私は何も聞いていないし、何も知りません！」

おそろしいことを言うミハイルに対し、リリアーヌは叫んで抵抗した。どこに連れていかれるのかわからないが、このまま連れていかれたら二度とシルヴィスのもとへは帰れなくなるのは間違いない。

「何も聞いていないし何も知らなくても、おまえは見たからな。このことを婚約者に黙っているとは思えない」

「見たことも秘密にします！」

「私は口約束なんて信用しないんだよ」

情けのかけらもないミハイルの言葉に、背筋を冷たい汗が伝う。

この人は秘密を守るためなら本当に、リリアーヌを獣の餌にしてしまうだろう。十数年にわたって王宮を我が物にしてきた人が、行動をためらうはずがない。

それに自分は有力貴族でもないし、シルヴィスはたった今、敵認定された。ミハイルが容赦する理由がない。

このままではいけない。なんとか逃げなくては。

幸い、近くにいるのはウェスタの娘だけだ。

気付かれないように視線を走らせ、逃げる方向を決めると、引きずられないように踏ん張っていた反動を利用して、ミハイルに体当たりをする。

突然の体当たりにミハイルがバランスを崩し、二人してタイル張りの床に倒れこむ。したたかに手やら足やら腰やらを打ち付けたが、ミハイルの手は緩んだ。

それを見逃さずに素早く立ち上がり、駆け出す。

「つかまえろ！」

ミハイルの声がとどろく。振り返ると、奥から数人の男が出てくるのが見えた。服装や雰囲気からしてただの使用人、というわけではなさそうだ。

違法な薬物を取り扱っているうえに、恐ろしい獣まで飼っているのだ。きっと彼らの仕事は手荒なものだろう。

――どうしよう。どこに逃げたらいいの？

とりあえず敷地から出なくては。

この屋敷は高い塀に囲まれており、リリアーヌの知る出入り口は正面の大きな門だけだ。

――あそこはだめよ、閉まっていたわ。

こういうところは裏手に使用人のための通用門があるはずだ。そこを目指そう。そう思って、手近な窓から建物の外に出る。ピイー、と甲高い音が聞こえた。誰かが笛を吹いている。

門を目指して走り出そうとしたリリアーヌの耳に、獣の唸り声が聞こえた。今まで聞いたことがない、地の底から聞こえるような恐ろしい声だ。

ほどなくして、背後から黒くて大きな獣たちが何匹も追ってくるのが見えた。しなやかな体躯に太い脚、かぎ爪、そして開いた口から覗く牙。

慌てて踵を返したが、そちらには追っ手の男たちがいた。

前からは獣、後ろからは追っ手。追い詰められたリリアーヌは塀に向かって走り始めた。

塀は高い。手をかけられる場所もない。

「誰か助けて！」

一縷の望みをかけて、リリアーヌは塀の向こう側に向かって叫んだ。王都の南側に住む人は多い。塀の外側に誰かいてもおかしくない。

「お願い、助けて！」

塀にすがりつくようにしてもう一度叫ぶ。獣が迫る。振り返ると追っ手の姿はいなくなっていた。今、ここにいるのはリリアーヌと獣だけだ。

獣の餌にするとはこういうことか。この場で食い殺されるのだ。

――そんなの、いや……！

獣のあの爪で引き裂かれ、あの牙に噛みつかれたら、ひとたまりもない。生きながら獣に食われるなんて冗談ではない。今日が人生最後の日になるなんて受け入れられない。

――私は約束したのよ。シルヴィス様に、一緒に生きましょうと。

「いや……いやあああ！　シルヴィス様――――っ」

リリアーヌは声の限り叫んだ。

こんなところで誰にも知られず死にたくなかった。

獣が迫る。鋭い爪が、大きな牙が、あと少しで届く、その時。

頭上から耳を切り裂くような破裂音が響き、先頭にいた獣の頭が吹き飛んだ。

破裂音は立て続けに何度か響き、そのたびに獣が倒れていく。

半分ほどが倒れたところで、残りが恐れをなして引き返していった。

リリアーヌは塀に張り付いたまま呆然と、その様子を見ていた。

何が起きているのか、本当にわからなかった。

「リリアーヌ！」

突然、頭上から声がした。目を向けると、塀の上に猟銃を持ったシルヴィスがいた。

「……シルヴィス様、どうして……」

「今助けに行……っ」

行く、と言おうとした声は発砲音に消され、シルヴィスの右腕から血が飛び散る。シルヴィスが持っていた猟銃が音を立てて、リリアーヌの真横に落ちてきた。

視線を戻すと、倒れた獣のすぐそばにミハイルが立って、シルヴィスに拳銃を向けている。ミハイルとシルヴィスが睨み合う。

空気が張り詰める。二人の緊張感が伝わる。……ミハイルは自分に注意を向けていない。

リリアーヌはとっさにしゃがみこみ、落ちてきた猟銃に手を伸ばした。

発砲音が響いて弾がすぐそばをかすめていく。風を切る音がした。

ぎくりとしてミハイルを見ると、こちらを呆然と見つめたまま固まっている。

何が起きたのか把握できないうちに、ミハイルの足元に水たまり……いや、血だまりが広がっていくのが見えた。

よろよろとミハイルが銃を落として数歩後ずさり、その場に座り込む。ミハイルの様子から、腹に何かが刺さっているのが確認できた。形から察するに、短剣だろうか。

「リリアーヌ、無事か！」

猟銃を拾おうとしゃがみこんだ姿勢のまま身動きできなくなっていたリリアーヌのもとに、シルヴィスが飛び降りてきて跪き、抱きしめる。

「シル……シルヴィス様……」

シルヴィスの体温と覚えのあるにおいに、麻痺していた心と体がようやく動きだす。

「よかった、間に合って。よかった……弾がリリアーヌに当たらなくて」

シルヴィスが心底安心したように呟く。短剣を投げたのはシルヴィスだったのか。

もしシルヴィスの短剣がミハイルに命中しなければ、自分の命はなかったかもしれないのだ。

「シルヴィス様……！」

リリアーヌはがくがく震える体をシルヴィスに押し付けた。

今頃、怖さが襲ってくる。

「シルヴィス様……っ」

ミハイルにつかまれて引きずられて歩いたことも。知らない男たちに追いかけられたことも。獣を仕掛けられたことも、銃口を向けられたこともシルヴィスが撃たれたことも。あと少しで死んでもおかしくなかったことも、何もかもが怖かった。

「もう大丈夫だ」

シルヴィスが髪の毛を撫でる。安心したと同時に涙が堰を切ったようにこぼれてきた。

リリアーヌはシルヴィスにしがみついたまま、声を上げて泣いた。

母が亡くなった時ですら、ここまで大泣きしなかった。大声で泣く妹たちを慰めることに必死だった。そのあとは自分がしっかりしていないといけなかったから、弱ってなどいられなかった。

誰も、リリアーヌに「もう大丈夫」なんて言ってくれなかった。

いつの間にか、まわりに大勢の人の気配がする。怒号が飛び交う。シルヴィスはそれでも動かず、リリアーヌが落ち着きを取り戻すまで抱きしめて、髪の毛を撫で続けた。

「落ち着いたか？」

リリアーヌが泣き疲れた頃、シルヴィスとは違う、中性的で凛とした声が間近で聞こえた。

シルヴィスの腕の中からちらりと顔を向けると、軍服だろうか、黒騎士団とは違うけれどよく似たデザインの服に身を包んだ華奢な青年が、こちらに近づいてくるのが見えた。

柔らかな短い栗色（くりいろ）の髪の毛に、金色の瞳。声と体形から男性だというのはわかるが、はっとするほど美しい顔立ちの人物だ。それに妙に品と風格がある。

初めて会うはずなのに、知っている気がするのはなぜだろう。

「リリアーヌ嬢にけがはないか?」

青年がシルヴィスに聞く。

「たぶんな」

「君はどうだ。血が出ている」

「かすり傷だ」

気安い口調で話しているから、シルヴィスは彼と知り合いらしい。

「ミハイル宮廷顧問は、エルデ侯爵の婚約者及びエルデ侯爵の殺人未遂の現行犯で確保した。ほかにも共犯者がいるようだから建物内を捜索したところ、なぜかこの国では所持が禁止されている薬物が大量に発見されたよ」

青年がちらりと背後の建物に目をやる。

「館にいた人間は薬物取締法違反でみんなまとめて現行犯逮捕だ。礼を言うよ、リリアーヌ嬢。それから……数々の非礼を詫びる。あなたは賢くて、とても勇敢な女性だ」

金色の瞳に見つめられているうちに、リリアーヌはこんな色の目をした人を思い出した。

「……クレア様……?」

だが、クレアは女性だった。目の前にいるのはどう見ても男性である。

「よくわかったね。僕の変装を見抜いた人はいなかったのに。本名はヴィクトール・エリン・アムリアというんだ。どうぞよろしく」

「アムリア……ヴィクトール殿下……？」

国の名を姓に持てる人なんて限られている。呆然と呟くリリアーヌに、青年が頷く。

確かヴィクトールという人は内気で人前に出るのが苦手だから、離宮に引きこもっているのだと聞いたことがある。

軍服に身を包んだ目の前の人物とは、どうにもつながらない。

「ティアナがどこからパラディスを仕入れているのか知りたかった。シルヴィスにはそのための協力を要請していた。でもまさか、こんなに早く、直接、踏み込めるとは思わなかったよ。あなたがティアナに近づいてくれたおかげだ」

遠くから誰かがヴィクトールの名を呼ぶ。

「失礼。詳しいことがわかったら、また連絡するよ。シルヴィスにも報酬を渡さないといけないしね」

そう言い残して、ヴィクトールが立ち去る。

「……クレア様は、ヴィクトール殿下の代理人……ではなかったの？」

シルヴィスに助けられながら立ち上がり、リリアーヌは呆然と呟いた。

「本人が化けているなんて言えないだろう。あいつは女装して離宮を抜け出し、ティアナを追い落とすために奔走していたらしい」

シルヴィスの言葉に、ようやく全体像が見えてきた。

「……シルヴィス様は、ご存じだったのね？」

「まあ。ヴィクトール本人が提案してきたことだからな。ティアナを王宮から追い出す手助けをしたら、俺の望みをかなえる、と。国王の座に就けば可能だから、と」

国王の座に就けば可能、ということは、ヴィクトールはミハイル・ティアナ兄妹が禁止薬物と関わっていたことを理由に、国王に退位を迫る気なのだろう。

考えようによっては反逆者と呼ばれてもおかしくない行いだ。

「……そういえばどうして、私がここにいるとわかったのですか。私は誰にも行き先を告げなかった。私自身、どこに連れて来られたのかわからなかったのに」

「いつだったか、リリアーヌがタウンハウスを抜け出して一人でうろうろしていたことがあっただろう。あれに懲りて、黒騎士団に見張りを頼んでいた。だからこの場所はすぐに特定できたんだが、きっかけもないのに踏み込むことはできない。そのうち、リリアーヌの悲鳴が聞こえた」

「……それで、塀を乗り越えて助けに来てくれたんですね」

リリアーヌはすぐそばの塀を見上げた。

「そう。……ミハイルがリリアーヌに向かって発砲した時は肝が冷えた。手元が狂って投げたナイフが心臓に刺さらなくてよかった。もしミハイルを殺していたら、俺もなんらかの罪に問われるところだった。これ以上、罪は重ねたくない」

「これ以上？」

リリアーヌが視線を戻して聞き返すと、シルヴィスがスッと視線を逸らせた。

シルヴィスは何か罪を犯しているのだろうか？

「……父が、キルワースの税金を横領して事業に投資していた。エルデ侯爵家が裕福なのは、そのためだ。俺は父の負の財産も相続している。それもあって、家を潰したかった。父が遺した何もかもを清算したかった」

「……そうでしたか……」

シルヴィスが父親から背負わされたものは、リリアーヌが思うよりもずっと重たいものだったようだ。それなら家を潰したい、という気持ちも理解できる。

――私はこの人と一緒に生きることを約束したわ。

シルヴィスが爵位を返上し、国から出たいというのなら、ついていくべきだろう。

心の中に、少し気弱な父が、賑やかな妹たちが、領地の屋敷が、王都のタウンハウスが……そして今は遠くなった母の面影が浮かんでは、消えていった。

それでもやはり、シルヴィスと一緒にいたいという気持ちのほうが強い。シルヴィスと子どもたちにバイオリンを聴かせる、その風景が頭から離れない。夢で終わらせたくない。

「前にも言った通り、私はあなたのことが好きです」

意を決すると、リリアーヌは口を開いた。シルヴィスが視線を戻し、リリアーヌを見つめる。

「だが……」

「一緒に生きましょう、シルヴィス様。私はどこへでもついていきます。そしてバイオリンを弾きます。あなたのために。……あなたと、子どもたちのために」

シルヴィスが目を見開く。

「……いいのか？」

慎重に聞き返すシルヴィスに、リリアーヌはしっかりと頷いた。

ありがとう……、と、シルヴィスが小さく囁いてぎゅうっとリリアーヌを抱きしめる。

リリアーヌもまた彼の背中に腕を回してシルヴィスの体を抱きしめながら、空を見上げた。

雲ひとつない真っ青な空が広がっていた。今日は、こんなにもいい天気だったのだ。知らなかった。

＊＊＊

黒騎士団によってミハイル宮廷顧問が殺人未遂の現行犯で逮捕されたことは、王宮だけでなくアムリア王国全土を揺るがした。ミハイルが国政に関わるようになって国の機関の腐敗が進んでいたことが最大の理由だ。

ミハイルは殺人未遂とパラディスの密輸・密売に関わったことで、ティアナも、パラディス密売に関与したとして裁判にかけられた。告発したのはヴィクトールだ。証人として出廷したのは、占い師であるウェスタとその娘だった。

彼女と彼女の娘もまたパラディスの密輸・密売に関わっているとされ逮捕されていたが、司法取り引きで証人になることに応じたらしい。

裁判の場でミハイルは一切罪を認めることはしなかった一方、ティアナは淡々と自分の犯した罪を認めて何を行ったかを裁判官の前で告白した。

リリアーヌは裁判を傍聴しなかったが、傍聴してきたシルヴィスがティアナの告白内容をすべて教えてくれた。ウェスタが語ってくれたのとほぼ同じ内容だった。

早くに両親を亡くし、その美貌に目をつけられて父親の遠縁にあたるクレッツェン伯爵に引き取られたティアナは、ミハイルともども折檻を受けて育った。

年頃になったティアナは、異国から嫁いできた王妃の侍女になるために、養父の後妻にさせられ、王宮で若き国王と出会う。

国王は、異国から嫁いできた妃に馴染めなかったらしい。

行き場のない心を抱えた国王を、パラディスを使って慰めたのはティアナだった。パラディスは、兄から「国王を籠絡しろ」という指示の元で持たされていたものだが、これほど依存性があるとは思わなかった、と、ティアナは裁判の場で語っている。

兄はウェスタからパラディスを手に入れていた。輸入禁止下でも少量ながらパラディスは取引されていたようだ。

国王を手に入れたティアナに、自分を王宮に引き入れるようにとミハイルが依頼する。つらい子ども時代を寄り添って過ごした兄の依頼を断ることなどできようか。

そうしてミハイルはティアナを通じて国王に取り入り、パラディスを使って廷臣をも薬漬けにしていった。

国王がパラディスを求めたことがきっかけで取り締まりが緩くなり、輸入拡大はパラディスの効果に味を占めたミハイルと、高値で取引されることに目を付けたウェスタの娘によって行われたようだ。

ミハイルの指示で密輸の取り締まりが行われなくなったことで、手が付けられないほどパラディスが蔓延してしまったようである。

「これではいけないというのはわかっていたの。でもどうやったら止められるのかわからなかった」

裁判の場でティアナは淡々と語ったという。

「パラディスの量を減らすと、陛下は人が変わったように暴力的になるのです。何度も減らそうと試みましたが、パラディスが足りないとぶたれたり、物で殴られたりするようになったので、与えざるを得ませんでした。パラディスが効いている間は穏やかで……わたくしの好きになった陛下でいてくださいました」

でも今は後悔している……と、ティアナは静かに呟いたそうだ。

王妃の体調不良もまたティアナによるものだった。パラディスとは違う毒物を少しずつ、王妃が口にするものに混ぜて与えていたのだという。

ただし、王妃が離宮に移ってからは毒物を与えていないし、依存性があるものではないので、時間がたてばある程度は回復するものらしい。

最後に王妃とヴィクトールへの詫びを口にして、ティアナの裁判は終了した。

裁判終了後、ヴィクトールがティアナに、なぜリリアーヌをウェスタのもとにやったのかたずねたところ、「あの子からは悲しみを感じなかったから」と答えたという。何か思惑があって近づいてきたことには気付いていたとのことだ。

ミハイルの裁判は長引いているが、ティアナへの処分は早々に決まり、身分を剥奪（はくだつ）、財産を没収の上、北の辺境の地にある修道院に送られることになった。事実上の終身刑だ。

ティアナの三人の子どもは非嫡子とはいえ国王の実子であることから、王家と血縁関係がある貴族の家にそれぞれ引き取られることになった。

ティアナの裁判終了後、ヴィクトールは、ティアナ、ミハイルの増長を抑えられず国政の混乱を招いたとして国王に退位を迫った。

国王も、自身がティアナによって薬漬けにされていることは自覚していたらしい。それでも、パラディスの依存性に逆らえず、ティアナをそばに置き続けたと、その責任を認めて退位を受け入れ、療養のため気候のいい王国南部の離宮へと移った。

国王の退位の翌日にはヴィクトールが即位を宣言し、新たな国王となった。

王宮はミハイル及びティアナの息のかかった人間ばかりだから、ヴィクトールの身に危険が及ぶことになりはしないかとリリアーヌは心配したのだが、王宮内が腐敗しきっており叩けばホコリが出る者ばかりだったのが功を奏したらしい。

大きな抵抗もなく、王宮からティアナ派を一掃できたようである。

そして無事に国王の座に就いたヴィクトールは、ティアナの処分が決まったあとにシルヴィスの願いをすべてかなえるという連絡をよこした。

爵位の返上と財産の処分の許可、前エルデ侯爵の横領の事実も不問にするという。ウェスタの館での騒動から約二か月後のことだ。

あれほど父親の後を継ぐことに拒絶反応を示していたシルヴィスだから、ヴィクトールからの連絡を受け取った時にはもっと喜ぶかと思ったのに、シルヴィスは「そうか」と呟いただけだった。

そのための手続きがいろいろとあるのだろう。連絡を受けてからこの一か月、毎日といっていいほど王宮に足を運んでいる。

季節は秋から冬へと変わっていた。気が付くと、窓の外は雪がちらついている。

そんな冬の日の午後。王都にあるエルデ侯爵家のタウンハウスの居間のソファに腰掛け、リリアーヌは手紙を読んでいた。シルヴィスの母親が彼に宛てて書いたものだ。

一通としてシルヴィスには届かなかった手紙を、リリアーヌはどうしても見てみたくて、ウェスタの屋敷から戻ってきたあとでシルヴィスに頼んだのである。

シルヴィスの子ども時代を知る人はこの国にはいない。もっとシルヴィスのことを知りたい。そう思ったのだ。

箱にいっぱい詰め込まれた手紙はどれも分厚くて、いずれも何枚にもわたって細かな字がつづられていた。リリアーヌの期待通り、シルヴィスの幼い頃の思い出が書かれており、幼いシルヴィスの姿が目に浮かんできた。

手紙の中には、夏に一度遊びにきたリリアーヌのことも触れてあった。

本人の言っていた通り、シルヴィスはバイオリンの女の子のことを知りたがっていたようである。

シルヴィスの身を案じる言葉もたくさん書かれていた。彼の母親がどれほど息子のことを愛していたか、痛いほど伝わってくる。

これらすべてが受け取り拒否で本人のもとに返されていたとは、なんてひどい仕打ちだろう。それを指示した父親をシルヴィスが嫌悪するのもわかる。

だからリリアーヌは、シルヴィスがどんな決断を下しても受け入れるつもりだった。

しかし今日は冷える。きりのいい場所で手紙から目を上げ、居間の窓の外を見ると、雪はだいぶ強さを増してきていた。

道理で冷えるはずだと思いながらそのまま外を見ていると、馬に乗ったシルヴィスが門から入ってくるのが見えた。慣れた動作で馬から飛び降り、そのままタウンハウスの裏へと連れていく。

シルヴィスは貴族の生まれといっても、軍隊生活が長い。だから人に世話されることが苦手で、馬車より馬に乗ることを好んでいる。もう少し侯爵らしく振る舞ってもらいたいものだと、バークリーがぼやいていた。

馬をつなぎ終えたらここに来るはずだ。体が冷えているに違いない。

リリアーヌは手紙を丁寧にたたんで箱に戻すと、暖炉に近づいて薪を足した。炎が少し大きくなったところで、予想通り、居間のドアがノックされる。

返事をすると、シルヴィスが姿を現した。予想通り、馬房からそのまま戻ってきたらしい。

「お帰りなさい」

「ただいま、リリアーヌ。俺は決めたぞ」

シルヴィスが外套のボタンを外しながら言う。

「何をですか」

リリアーヌが首をかしげると、シルヴィスは外套を暖炉のそばの椅子の背もたれにかけ、リリアーヌに向き直る。

「おとなしく父の後を継いでやることにした」

「え？　後を継ぐ？」

「父が税金を横領して投資した事業はヴィクトールにやることにしたから、俺自身が新しく事業を手掛けないと、我が家の収入は先細りだけどな」

「……ええ……？」

すっかり平民になって異国へ移住するものだとばかり思っていたので、リリアーヌとしては困惑しきりだ。だが、言い出した側のシルヴィスは、どこか吹っ切れた顔をしている。

「リリアーヌと再会して、ずっと考えていたんだ。俺一人なら家を潰して国を出ることが父への一番の復讐になるが、それにあなたを付き合わせるのは間違っている。それでなくても怖い思いをさせたのに、これでは公平ではない、と」

「でもそれでは、シルヴィス様の気持ちが……」

「あなたは優しいな」

リリアーヌの言葉にシルヴィスが微笑む。

「母は俺が幸せになることを願っていた。母の願いを蔑ろにしたら、それこそ俺が憎んでいる父と同じだと気が付いた。父のようにはなりたくないと思っていたのにな」

確かに手紙には、父親への恨みなどは一切なく、ただシルヴィスの身を案じる言葉がつづられていた。

「母の墓をエルデ侯爵家の墓地に移さないとな。父の隣だと喧嘩しそうだから、少し離れたあたりに。それとも、父を墓地の隅っこに移そうか」

「まあ……お化けになって出てきますよ」

「上等だ」

リリアーヌの指摘にシルヴィスが笑う。

「土地を担保に銀行から金を借りて事業資金にする。ヴィクトールの協力も取り付けた。領地の管理もしないとな。ここしばらく、いろんな人と今後について相談していたんだ。……侯爵を継ぐつもりなんてなかったから、何も知らなくて不安だったが、なんとかやっていけそうだ」

シルヴィスの目が輝いている。彼の中で、気持ちに折り合いがついたのだろう。リリアーヌは目を細めて、晴れ晴れとした表情のシルヴィスを見つめた。

不意にシルヴィスがリリアーヌの左手を取って、跪く。

「リリアーヌ。あなたに結婚を申し込む。どうか私の妻となり、最期の時までともにいてほしい。そしてあなたのバイオリンを聴かせてくれ。私と、私の子どもたちに」

そう言って、左手に口づける。突然の求婚に、リリアーヌは首をかしげた。

「私たち、とっくに婚約していますよね？」

「あれはヴィクトールに急かされた婚約だった。それに、あなたに跪くのを忘れていた。愛を乞うなら、跪くのが礼儀だと聞いた。この国の礼儀には疎くて……申し訳ない」

目を丸くしたリリアーヌに、シルヴィスが少し言いにくそうに言う。ヴィクトールあたりに釘を刺されたに違いない。

「そういうことでしたら。喜んでお受けします」

リリアーヌは微笑んで頷いた。

「とはいっても、世間的にはとっくに婚約が成立しているし、そろそろ結婚式の日取りを決めないといけないな。いつがいい？」

リリアーヌの手を取ったまま、シルヴィスが立ち上がる。

「そうですね……準備のことを考えたら、来年の初夏あたりでしょうか？」

「そうか」

言いながらシルヴィスが腕を優しく引っ張る。あっという間にシルヴィスの腕に囲われたかと思うと、シルヴィスの唇がリリアーヌの唇に降ってきた。

「俺が不甲斐なくて、いやな思いをたくさんさせてしまったな」

「いいえ」

詫びるシルヴィスに首を振れば、再び優しい口付けが唇に降りてきた。ちゅ、ちゅ、と二度、三度、触れるだけだった唇が、四度目には深く重ねられる。

忍び込んできた舌に自らの舌を差し出せば、シルヴィスの肉厚の舌がねっとりとリリアーヌの舌に絡みついてくる。

ゾクゾクとたまらない快感が背筋を駆け抜けていく。

「……口付けが上手になった」

唇を離し、シルヴィスが囁く。

「それはそうでしょう。しょっちゅう誰かさんが口付けてくるから」

リリアーヌの答えにシルヴィスが嬉しそうに笑って、再び深く口付けてきた。両腕が体に回され、リリアーヌの背中を撫でまわす。冬になって厚着をしているせいで刺激が弱く、なんだか物足りない。

足りないぶんを口付けで補おうと、リリアーヌはシルヴィスの舌に自らの舌を押し付けた。リリアーヌのおねだりに気付いたシルヴィスがむしゃぶりつくように、口腔内を蹂躙(じゅうりん)していく。

唾液があふれ、粘着質な水音が聞こえ始めた。あふれた唾液が唇の端から伝い落ちる。

体の奥深くがズキズキと疼き始め、「もっと」と訴える。

もっとシルヴィスがほしい。シルヴィスを感じたい。彼に翻弄されたい。

「どうしたんだ？　今日はやけに積極的だな」

口付けを止めてシルヴィスが少し驚いたように覗き込んでくる。

「そんなことは」

はしたない欲望を見透かされていたようで、恥ずかしくなって思わず顔を背ける。血が上ったせいで、顔が熱い。暖炉のそばにいることが救いだろう。炎の揺らめきを受けて、顔色がわかりにくくなっているはずだからだ。

「なんだ、気分が乗っているのは俺だけか。リリアーヌに無理強いするのはよくないから、続きはまた今度だな」

シルヴィスがそう言って抱擁を解く。離れていく体温に、リリアーヌは慌ててシルヴィスの腕をつかまえた。

「む、無理強いは、されていないわ」

恥ずかしくてシルヴィスの顔を見られない。俯いたまま告げれば、

「そうか。俺としては、リリアーヌの嫌がることはしたくない。リリアーヌは、どうしてほしい？」

シルヴィスがとんでもないことを言いだした。

「ど、どうって……」

「さっきみたいな口付け？　それとも」

シルヴィスの指が首筋に触れる。それだけなのに、ゾクゾクしてしまう。

「もっと？」

肌をわななかせたのが伝わったらしい。シルヴィスの指先がドレスの上から胸のふくらみを撫でる。コルセットの上に厚着をしているので、触られたことしかわからない。けれどそれだけでも十分だった。

心臓の拍動に合わせて体の奥が痛いほど疼き、じわりと蜜壺から蜜がにじみ出るのを感じる。

「シルヴィス様……」

「どうしてほしい？」

シルヴィスの両の手が円を描くようにドレスの上から胸のふたつのふくらみをさする。刺激なんてほとんどないが、見た目は大変いやらしい。

「言わないとわからないよ、リリアーヌ」

耳元で囁かれるともうだめだった。

「さ……触ってほしい」

リリアーヌは顔を真っ赤にして俯きがちに小声で告げた。シルヴィスに顔を向ける勇気はなかった。

「もう触っているけど」

それなのに、シルヴィスはドレスの上から双丘を揉むように指を動かしながら、意地悪を言う。

「もうっ、シルヴィス様！　わかっていてやっているでしょう⁉」

焦らされるつらさのあまり涙目で睨み上げれば、シルヴィスが嬉しそうに笑うのが見えた。

「もちろん」

シルヴィスの手がリリアーヌのドレスのボタンにかかる。背中にあるボタンをはずされ、内側に着ている下着のボタンも緩められ、コルセットの紐もスカートとペチコートの紐もほどかれ、すべて床に落とされる。

気が付くとリリアーヌは下穿きと靴下だけになっていた。

シルヴィスがリリアーヌの肩を抱き、体をかがめて首筋に口付ける。吸い付いたり、唇で食んだり、舌先でくすぐったりされるたびに体がビクビクと細かく震えた。

暖炉のそばとはいえ外は雪が降る天候である。肌寒さと口付けとこれからの期待のせいで、乳首がピンと勃ちあがって痛いほど張り詰める。なのに、シルヴィスはそこには触れてこない。

口付けは首筋から鎖骨、胸のふくらみの裾のあたりを往復している。

あと少しなのに、唇は降りてこない。

「も、もう、意地悪しないでください……っ」

もどかしさが頂点に達したリリアーヌは、思わずそう口走ってシルヴィスの胸元に手を伸ばした。

我を忘れてシルヴィスの上着のボタンをはずし、その下のウエストコートのボタンにも指をかける。だが、上着よりも小さいボタンはうまくはずせなかった。

いらいらして生地を引っ張ったら、「わかった、わかった」とシルヴィスが言って自分からボタンをはずしてくれた。

そのままその下のシャツのボタンも全部。

「リリアーヌからおねだりされる日が来るとは思わなかったな」

シルヴィスが嘯いてリリアーヌの胸の頂にかぶりつく。待ちわびていた刺激に、足から力が抜ける。二人してリリアーヌが着ていたドレスの海に倒れこみ、シルヴィスはリリアーヌに覆いかぶさる形でリリアーヌの胸の頂への愛撫を続けた。

「ああ……っ」

ねっとりした舌先から甘くて鋭い刺激が体中を駆け巡る。体の奥が痛いほど疼き、どくどくと蜜があふれて臀部に伝っていくのが自分でもわかる。

シルヴィスの指先がまさにその蜜があふれる場所に這わされた。柔らかい下生えをかき分けて割れ目をなぞる。敏感な部分を撫でられて思わず体が跳ねる。いたずらな指はしばらく陰核を撫でていたが、ほどなくその奥にあるぬかるみへと移っていった。

つぷりと指先をぬかるみの源に差し込まると、体が大きく震えた。

初めての時に感じた痛みも違和感もすでにない。あるのはただ、快楽のみ。

「すごいな。もうこんなになっているなんて」

シルヴィスが驚いたように言いながら指を動かす。指の腹で内部をこすられると、たまらなく気持ちいい。

「ああ……んっ」

くまなく内壁をこすられているうちに、ビリッと強い刺激が走る部分があった。思わず背中をのけぞらせると、「ここか」と呟いたシルヴィスがしつこくその場所をこすり始めた。

「いや……っ、そこ……っ、そこばっかり……っ！」

断続的に襲ってくる刺激のせいで、背中はのけぞりっぱなしだ。シルヴィスに対して突き出すような形になった乳房に、再びシルヴィスが食らいつく。

「あああっ」

敏感な二か所を同時に責められて、リリアーヌは床に散らばっている自分のドレスをわしづかみにした。体が勝手に震える。強すぎる刺激に耐えきれず、涙が勝手にぽろぽろと溢れる。

体の奥で快楽が膨れ上がる。

待って、勝手に私を振り回さないでと思うものの、言葉にはならない。シルヴィスの指先が容赦なくリリアーヌを追い上げていく。

「…………っ！」

蜜壺の中の指先がぎゅっと奥を押した途端、体の中で膨らんでいた快感が一気に弾けた。

ぐったりとドレスの海に沈んだリリアーヌを見下ろしながら、シルヴィスが言う。

「本当に感じやすくなったな」

「……シルヴィス様のせいです。全部」

「そうだな」

シルヴィスがリリアーヌに跨がるようにして膝立ちをし、ベルトを緩めスラックスのボタンを外した。前をくつろげると中から雄芯が飛び出した。まさにそそり立つという表現がぴったりだ。先端の孔から蜜があふれているのが見える。

雄芯を見た途端、リリアーヌの下腹部が再び疼いた。

シルヴィスがリリアーヌの両脚を持ち上げて広げ、雄芯を達したばかりの蜜口に当てる。

突き立てられた雄芯は何の抵抗もなく、リリアーヌの中に沈んでいく。

「ふ……うっ……！」

触れられて敏感になった蜜口は、シルヴィスの怒張が通り過ぎていくだけでたまらない快楽を伝えてきた。

「すごい、中がうねっているよ、リリアーヌ」

腰を押し進めるシルヴィスの喜色のにじんだ声がたまらなく恥ずかしくて、リリアーヌはシルヴィスの首に腕を回して抱き寄せた。その間にもずぶずぶと雄芯はリリアーヌの中に沈んでいき、ついに最奥に達した。

一番奥は、一番気持ちがいい場所。それを知っているから、快楽を求めて体が貪欲に動く。シルヴィスに対して腰を押し付けるように動かしてしまうのを止められない。

「リリアーヌ、もう少し手加減してくれるとありがたいんだが」

リリアーヌの腕の中で、シルヴィスが呟く。

「手加減？」

なんのことだかわからない。

「そんなふうにぎゅうぎゅう締め付けて、腰を押し付けられると、俺も我慢ができない」

言うなりシルヴィスがリリアーヌの背中に腕を差し入れ、ぎゅっとリリアーヌを抱きしめてきた。軽く背中をそらす形になったせいで結合が深まり、シルヴィスの先端が蜜壺の最奥をぎゅうっと押す。

「んん……っ」

シルヴィスの指は長いが、それでも奥までは届かない。一番奥の、一番感じる場所を、指よりも太くて硬いもので押され、リリアーヌは呻いた。一度は引いた快楽の波が、再び押し寄せる。

「リリアーヌは本当にかわいい。こんなことでは、結婚式前に子どもができてしまうな」

ズンズンとリズムよく奥を突かれ、リリアーヌは喘いだ。

「シ……シルヴィス様……っ」

快楽に支配され、もう何も考えられない。

「シルヴィスさま、シルヴィスさま……っ」

自分でも何を言いたいのか、もうわからない。リリアーヌはシルヴィスの名をうわごとのように繰り返しながら、そのシルヴィスの頭をかき抱いた。

居間には暖炉の薪がはぜる音に交じって、ぐちゅぐちゅと卑猥な水音と二人の息遣いだけが聞こえていた。

シルヴィスに買われて花嫁になるのだと告げられた時は、どうしようかと思った。シルヴィスから、ティアナに近づいてくれと言われた時も、どうしようかと思った。

ティアナの紹介で赴いた占い師の館で獣に追いかけられたり、ミハイルに銃口を向けられたりした時は、本当にどうしようかと。

けれど今思うと、どれも意外に「いい思い出」になっている。……もちろん、二度と経験したくはないけれど。

——きっとこれからも、そうなんでしょうね。

シルヴィスに揺さぶられて追い上げられながら、ぼんやりとリリアーヌはこれからのことに思いを馳せた。

たぶんまた、どうしようかと思うことが起こるに違いない。

でもシルヴィスと一緒なら、なんでも楽しい思い出にできると思う。

「リリアーヌ、出すぞ……！」

シルヴィスの切羽詰まった声を聞いた瞬間、リリアーヌの中で再び快楽が弾けた。先ほどよりも強い衝撃に歯を食いしばりながら、リリアーヌはシルヴィスの体に回した腕に力を込めた。

「シルヴィス様……っ、愛して、います……」

達したばかりであがった呼吸のまま、言葉にできないほどの幸福感を噛みしめながら呟くと、シルヴィスが腕の中で頷くのがわかった。

「俺もだ。……リリアーヌ、愛してる」

＊＊＊

その年の暮れ、リリアーヌはシルヴィスに頼んで、リリアナにとびきり素敵な男性を紹介した。紹介が遅れたのは、とびきり素敵な男性が忙しくてなかなか都合がつかなかったからだ。

シルヴィスとリリアーヌが結婚式を挙げる頃、リリアナも婚約が決まった。

リリアナは、アムリア王国の若き国王ヴィクトールのもとに嫁ぐことになったようである。

「確かにとびきり素敵な男性を紹介してと頼んだけれど、国王陛下だなんて聞いていない！」

初めてヴィクトールに会った帰りに、リリアーヌのもとを訪れたリリアナはそう叫んでいたが、とんとん拍子に話が進んでいることから、二人ともまんざらではないのだろう。

あとがき

ヴァニラ文庫様では初めまして。ほづみと申します。このたびは『貧乏令嬢ですが借金のカタで侯爵様に嫁いだら、甘〜い溺愛が始まりました』を手に取っていただき、ありがとうございます。

今回は、没落寸前の令嬢ヒロインが社交界で噂の侯爵ヒーローと出会って幸せになるシンデレラストーリーを考えていたのですが、気が付いたらヒロインが勇ましく事件解決に乗り出していました。おかしいですね？　そして実に私らしい……と自分でも呆れました。

イラストは蜂不二子先生に担当していただきました。大人姿の二人も素敵ですが、小さい頃の二人が悶絶するほどかわいらしい‼　蜂先生、本当にありがとうございます。

担当様にはたくさんご迷惑をおかけしてしまい、申し訳ございません。お世話になりました。この本のために尽力くださった関係者の皆様にも、心よりお礼申し上げます。

最後に、この本を手に取ってくださった読者の皆様には最大限の感謝を。

またお会いできることを願っております。

ほづみ

貧乏令嬢ですが借金のカタで侯爵様に嫁いだら、甘〜い溺愛が始まりました

Vanilla文庫

2024年6月20日　第1刷発行　定価はカバーに表示してあります

著　者　ほづみ　©HOZUMI 2024
装　画　蜂 不二子
発行人　鈴木幸辰
発行所　株式会社ハーパーコリンズ・ジャパン
東京都千代田区大手町1-5-1
電話　04-2951-2000（営業）
0570-008091（読者サービス係）
印刷・製本　中央精版印刷株式会社

Printed in Japan ©K.K. HarperCollins Japan 2024 ISBN978-4-596-63716-1